現代妖怪檔案

見鬼

永續圖書線上購物網　讀品文化事業有限公司

WWW.foreverbooks.com.tw　yungjiuh@ms45.hinet.net

鬼物語系列 18

現代妖怪檔案：見鬼實錄

合　　著　雪原雪、夏懸
出 版 者　讀品文化事業有限公司
執行編輯　許安遙
美術編輯　姚恩涵

總 經 銷　永續圖書有限公司
TEL／(02)86473663
FAX／(02)86473660
劃撥帳號　18669219
地　　址　22103　新北市汐止區大同路三段 194 號 9 樓之 1
TEL／(02)86473663
FAX／(02)86473660
出 版 日　2017年08月

法律顧問　方圓法律事務所　涂成樞律師
CVS代理　美璟文化有限公司
TEL／(02)27239968
FAX／(02)27239668

國家圖書館出版品預行編目資料

現代妖怪檔案 : 見鬼實錄 / 雪原雪, 夏懸合著.
-- 初版. -- 新北市 : 讀品文化, 民106.08
面 ;　公分. -- (鬼物語 ; 18)
ISBN 978-986-453-057-1(平裝)

857.61　　106010045

夏懸前言

無論時代再怎麼進步，人類對未知的恐懼依舊如影隨形，都市傳說即是鄉間傳說的進化，而這些傳說多多少少反映了當代社會的狀況，例如日本知名的都市傳說噴射婆婆，其實就是在反映老人騎機車到高速公路上的驚悚情形，或是裂嘴女，也是反映現在有許多會對小朋友做些奇怪事情的大人，從上述這些例子來看，我們可以說恐怖故事即是現實生活的延伸，現在，就讓我們一同步入屬於本世紀的恐怖奇談吧。

雪原雪前言

我們的任務就是要將最完美的作品提供給大家欣賞。妖怪有好有壞，誰又能否認妖怪的存在呢?這本書的世界就是妖怪的世界，同時永遠存在我們的心中。

目錄

序章

蕨穿著正式的巫女服，正座在見桔稻荷神社內的椅墊上。

見桔稻荷神社位於都市內的小山旁，從漂亮鳥居的階梯上去可以到達乾淨又清幽的神社；平日神主家光大人是不會來的，幾乎全權由巫女蕨來處理各種事務；而這位擁有可愛狐狸耳朵的漂亮巫女，是已經成為神的使者的狐仙。

蕨拿起一個稻荷壽司吃完後拿起茶杯喝了一口茶，望著眼前失憶的少女。

漂亮的少女有一頭烏黑亮麗的長髮，顯眼的金色瞳孔像是擁有將人的靈魂吸入深處的魔力般，讓看過她的人會不知不覺被吸引住。

少女是一位名叫藤原的女人帶來的。深山中一人全裸的少女在深夜中不幸被藤原乘坐的自家轎車撞上，經過醫院治療後卻什麼都不記得，時常呆望著天空。

只有十六歲嗎？蕨雖然感覺少女身上有隱藏著強大的力量，卻又有著令人懷念的感覺……這種混亂的直覺，讓一向聰穎的蕨無法專心；因為不知道名字，少女被藤原稱為小月，因為是在月光下發現小月的。

「小月的身分真的很神祕呢。」蕨喃喃自語著。

「明明是在月光下被車撞到的，還能取名取這麼浪漫啊。」戴著眼鏡的青色短髮女子邊說邊喝了一口茶，頭上的鬼角像是裝飾品一樣，在這個科技發達、社會開放的世界一點也不稀奇。

旁邊坐著紅色長髮的女子頭上也有著鬼角，正大口咬著草莓大福說著：「反正藤原大小姐不是說會全額負擔小月的生活費嗎？就讓小月她在神社內當巫女就好啦！」三兩口就將一顆草莓大福吞下，看起來眼前的草莓大福小山很快就會被吃完。

「還不是買什麼一下就被赤鬼妳吃掉，還講得那麼輕鬆。」青鬼推了一下眼鏡，對著蕨說著：「我覺得赤鬼說的也沒錯，或許讓小月試著當神社內的見習巫女，也許可以在找出小月真實身份前，還可幫上我們的忙。」

蕨點點頭：「說的也是，被擁有惡意的妖怪纏上的人類的案件越來越多，不快點解決這些案件也不是辦法呢。」蕨站起身，走到小月身邊：「小月，要來試試看神社巫女的工作嗎？」蕨露出了微笑。

看著蕨的笑容，小月也露出了微笑點點頭。

◈

小月穿著巫女的衣服，在夜晚的神社中庭看著月色。

心中那份孤獨空虛的感覺是什麼？只覺得要找到某一個人，卻連對方是誰都不知道外，連自己是誰都不知道；除了一些基本生活能自理外，其他東西一概不知，不知道自己身在何處、為了什麼而存在，連語言都有很大的不同，到底自己的未來會如何呢？

「蕨大人！那我們出發了！」青鬼和赤鬼說完後，兩人瞬間失去了蹤影。赤鬼和青鬼是前前前代神主大人以前就立下契約的護法之鬼，在悠久的歷史中，一代傳一代，到現在這一代身上也早有了人類的血液，為了日益腐敗的世界努力守護著人們。

為什麼會出現許多惡意的妖怪呢？青鬼曾對著赤鬼解說過。

『那是因為許多妖怪的形成來自於人心的黑暗之處，只要有怨念或是怨恨，那麼這些負面情緒就會形成一種能量，許多妖怪的誕生就是因為這樣而出現了……』

博學多聞個性穩重的青鬼，力大無窮個性豪爽的赤鬼，兩人為了解決各地擁有惡意妖怪的案件而努力著，負責這些案件的蕨，每星期幾乎都會有各種各樣的情報或是委託進來，近年因為氣候變遷、人心腐敗，許多痛苦和怨恨越來越多，事件有越演越烈而快速增加的傾向。

蕨走到了中庭走廊，看著在中庭的小月。

赤紅者　守護信念　制裁邪念
等閒者　沉睡殘花　糾葛散去　懷故而亡
時刻痕跡　榮耀鬼童子名　記憶盡頭

噫　是啊　險峻高山　然何殘破
強爪利齒　高貴無暇　徒留追憶
時刻痕跡　榮耀鬼童子名　記憶盡頭

夢囈中　酒齒留香　謀略真相
擾亂者　誇耀技藝　血色箭雨
轉身　刀兵四起　義理　蕩然無存
欺騙　滿霞贈禮　樂理　暗藏殺機
最後微笑　殘光月影　隨風落去

噫　是啊　彼岸之花　然何盛開
跪於　讒誣之海　縛之山　淚眼已空
時刻痕跡　榮耀鬼童子名　記憶盡頭

蕨靜靜的聽著小月的詩歌，不發一語；月光下，兩人的臉頰美麗無比。

克魯波克魯

「誒嘿嘿嘿嘿——」油井狂笑著在森林內奔跑，興奮的他大叫著，「有很多錢要來啦！要成為億萬富翁啦！」森林內雖然就只有他，在暗處卻有一雙雙明亮的眼睛在盯著油井。

肥胖的身軀終於累了，滿身是汗的油井靠著一棵大樹坐了下來，將身上帶著的壓克力昆蟲箱舉起來靠近眼前看著；昆蟲箱內裝著一個大約十五公分左右高的奇裝異服小女孩，正在透明箱內邊哭邊發抖著。

「求求你放我出去……」奇異的小女孩邊敲著透明箱的壓克力牆邊發抖哭泣著。

多麼瘦弱又這麼地惹人憐愛啊！油井舔了舔嘴唇，唾液從嘴邊流下：「呵呵呵呵，不——行，我要把妳賣掉，這樣我就可以發大財了！看誰還會叫我魯肥！」油井邊說邊嘟著嘴說著。

魯肥，魯蛇加肥宅，一個很難聽的稱號，已經跟著油井好多年了。

痛哭發抖的小女孩和長相醜陋笑到抽蓄的魯肥，在這月色下顯得更加的詭異。

◈

油井小時候並不胖，但是喜歡吃炸雞又不愛動的個性讓油井越來越胖；國中畢業後喜歡電子遊戲，尤其各種美少女遊戲叫著油井『喔膩將』或是愛情遊戲的劇情，讓油井常常熬夜打遊戲，加上家裡溺愛的關係，手上炸雞和可樂並不缺乏。

高中就成為了邊緣人，愛上網筆戰、酸人，大學也不升學、也不找工作，常常口頭禪說著『工作就輸了』『腐敗的社會沒有工作的價值』等理由，成天避不出戶，說幾句不好聽的話就摔門把自己關在房裡，這樣沒朋友的社會邊緣人，只能躲在小小的空間內自我安慰。『叩叩！』房外傳來聲音，「哥哥，我晚飯放你房門口喔……」

是弟弟健太，也是這個家唯一會聽油井說話的人。小時候油井很疼愛這個弟弟，隨著弟弟成長以及自己對於這個社會的絕望，油井也越來越覺得這個弟弟很礙眼。

高中畢業四年了，原本應該大學畢業的油井，卻因為荒廢了四年的光陰，徹徹底底沒有了動力，連出門買東西都不太願意了。原因是因為高達一百四十公斤的體重，出門一定會引起人們側目，久了乾脆也不願意出門了。

反正看新動畫、玩新遊戲、上新討論版繼續酸人都很有趣，又何必和這個腐敗的社會做聯結呢？工作只會讓財團賺錢，那些像螻蟻一般工作的人們啊，真是可悲啊！油井邊想邊從又髒又臭的沙發起身離開電腦桌，開了房門想拿晚餐。

門外除了放地上的晚餐外，今天健太也在外面，平時健太是不太出現的。

健太微笑的問著：「哥哥，你的黑眼圈很重呢！你還好嗎？昨天又徹夜打電動了嗎？」那關心的眼神，瞬間觸怒油井！

「關你屁事！和你沒關係吧！」油井想要轉身回房，卻看到健太拿出了東西。

「哥哥不要生氣，這是我放學路上買回來的喔！」健太開心的拿給油井。是炸雞！而且是帶點微辣的新口味！油井看到炸雞，臉上的臭臉瞬間也化解了一半。「我也微波加熱了，給你晚餐加菜吃。」健太將炸雞放到了油井的盤子邊，果然熱騰騰的，連加熱都加熱好了。

真是個好弟弟啊！油井有些感動，態度也好了許多：「喔！你還記得我喜歡放兩包胡椒鹽，今天找我有事嗎？」仔細看炸雞旁還有番茄醬和奶油，真是太貼心了。

「誒嘿嘿，我想和哥哥聊聊好嗎？」健太微笑著，跟著進入了油井的房間。

好臭好髒啊！到底幾包垃圾在油井房間？油井的套房是有衛浴設備的房間，基本上油井也不太需要出房門，健太都會拿晚餐給他這位從小就很崇拜的哥哥。也因為這樣，油井的房間亂七八糟，地上隨意丟置的食物殘渣以及用過的衛生紙，甚至還有成人雜誌大辣辣的丟著，根本和垃圾屋沒兩樣，再加上油井不愛洗澡，說洗澡屬於社交的一部份之類的藉口，已經整整二十天沒洗了吧……

油井絲毫不在意，大口大口吃著晚餐，並大口咬下炸雞，炸雞油脂混合著油井唾液流到了下巴，油井只用袖子擦了擦下巴，大口灌下大瓶裝可樂後，發出了難聽又噁心味道的飽嗝。

「那個，哥哥。」健太猶豫了一下，問著油井：「之前你不是和媽媽吵起來了嗎？實際上是媽媽有話要跟你說……」健太越說，越覺得油井的臉色越難看。

油井用力的將炸雞吃剩的骨頭往地上丟！大吼著：「誰叫那死老太婆囉嗦！都不知道這個不公平的社會，當個螻蟻般的工作者只會被剝削嗎？我寧可餓死也不要當這金字塔結構下的被害者！」

你要餓死應該很困難……健太將已經到嘴邊的話又硬生生吞下去。

「你說了什麼嗎？」油井邊說邊抖了一下肚子上的肥油。

「沒有啊。」健太苦笑地搖搖頭：「再怎麼生氣，也不可以叫媽媽死老太婆啊，再說哥哥你當天還推倒媽媽，怎麼說也不應該吧……」

健太話還沒說完，突然被油井拿起地上的雜誌丟到頭！痛！健太還沒叫出聲，油井先大吼：「懂什麼！那死老太婆乖乖煮飯就可以了！而你乖乖的給我閉嘴！」油井站起身，轉過身面向電腦，「滾出去！」

「爸爸快沒工作了！」健太忍不住喊了出來，「因為金融海嘯的關係，爸爸任職的工廠年底就要關了！」

什麼？老頭子要失業了？油井愣了愣，又轉過來看著健太，椅子發出『嘎嘰』的聲音：「你說的是真的嗎？老頭子要被裁員了嗎？」健太低下頭去點點頭。

油井的爸爸一直都很認真，從年輕的時候就為了公司盡心盡力，工作二十多年的回報就是成為公司的工廠廠長；如今已經年紀一大把了卻要面臨工廠倒閉要被資遣的命運。

房貸、生活費、油井花費的遊戲錢等等，似乎都要化為烏有了嗎？

「所以那天，媽媽才會希望你去工作……」健太小聲的說著。

油井愣了幾秒鐘，隨手拿起旁邊的巧克力餅乾吃著：「我說過了，我不要。就算這個房子被法拍還是大家一起餓死，我都無所謂。」從油井髒兮兮的指垢，根本分不清到底是吃巧克力餅乾的時候弄髒的，還是本來就骯髒的指垢，「反正死老太婆跟老頭子都還有工作能力吧？就讓他們工作到死吧！」

多麼殘酷的話啊！健太發抖著看著眼前的親哥哥，真不敢相信什麼樣的環境可以教育出這樣冷血的傢伙？

「好了，沒事了吧？我還要解開遊戲的全要素呢！」油井又大口灌下可樂，發出噁心的飽嗝後繼續面對螢幕點開遊戲，這次臭味刺激著健太，健太為了不表現出來忍到臉色都發青了。

健太再次打起精神說著：「我想賺錢！我有不錯的想法喔！」健太認真說著。

「嗯哼？那真的很棒啊，多賺一點啊。」油井頭也不回敷衍的回答，反正只要保持現在的生活，誰賺錢都沒差。

「我同學上次和我說，在他老家附近的山裡有很多甲蟲和獨角仙，帶回來賣可以賣高價！」健太像是自顧自地說著，「我知道了肯高價收購的商店，打算去抓幾隻回來賣，而且我去昆蟲店買壓克力箱時，聽老闆說如果是稀有物種，可以用三十萬日幣收！」

三十萬日幣！油井愣了一下，但幾秒鐘後繼續點開遊戲，繼續操縱滑鼠點著遊戲中的人物，遊戲中是沒有穿衣服的卡通小女孩人物，似乎正在誇張地扭動身體。

健太從口袋拿出一張紙，走到油井身邊：「哥哥，這給你，是我朋友給我的。」

「什麼啦！沒看到我在忙……」油井不耐煩的搶過那張紙。

仔細看那張紙的油井，瞬間眼睛瞪的超大！

是某個樂團的現場會門票！還是不錯的前排位置！這個樂團唱了許多有名遊戲或動畫的主題曲，在動漫遊戲圈內可是超級大明星的存在，在網路上可是超難訂到現場演唱會門票的啊！油井驚訝的問著健太：「你、這是要給我的？你怎麼會有！」

「我知道哥哥喜歡這個樂團，所以就在很早前就拜託我那個朋友幫忙訂，他們家是電視圈的人喔。」健太笑笑的說，「就是這星期的假日喔，哥哥好好去玩吧！」

也好！就去看看吧！還可以拍照在網路上炫耀呢！

「如果在那個地方抓到稀有物種的獨角仙換到三十萬那該有多好呢！」健太自言自語的說完後，離開了油井房間。

油井知道健太說的賺錢方法，畢竟會高價收的店家不多，而且有些牽扯到違法的成分在……不過眼前的門票讓油井開心的傻笑著無法去顧慮那麼多；滿腦子演唱會的畫面，油井想著如果可以拍到樂團女主唱的走光照，那該有多好！

◈

到了演唱會當天。

油井當天中午出門後，就衝去動漫和遊戲專賣店逛了好幾圈，身上的汗味和骯髒的模樣讓周圍的其他人忍不住瞪了油井好幾眼，油井卻沉浸在美少女動漫公仔的世界中；下午吃了一桶炸雞桶後，直接衝去演場會排隊入場。

一整天玩下來後，油井疲憊又滿足的回到家，走到了自己房間門口。

滿臉笑容的油井，臉色刷的一下變得鐵青。

「這到底是怎麼一回事啊啊啊啊——」油井的房間被打掃得一塵不染，所有收藏品和美少女公仔、遊戲機等等似乎都失去了蹤影。

「是誰！是誰把我房間弄成這樣！」油井憤怒的衝進房間，在房間角落看到自己的收藏品被胡亂塞在紙箱內！整整有五大箱就這樣粗魯的疊在角落！「哇啊啊啊

——我的限定版公仔啊！可以脫下的衣服配件都壓壞了啊！」油井憤怒的大吼！戰鬥力似乎飆高了好幾萬倍！就像是來自外星戰鬥民族的金髮狂戰士一樣！

「是我叫人來清掉的。」旁邊傳來了聲音。

「老頭子！」油井愣了一下，接著憤怒一次爆發！「為什麼要亂動我的東西！這些都是我的收藏品啊！」油井氣沖沖地衝到了父親面前，就像一頭一百四十公斤的戰象、木製的房子像是地震一般，氣氛霎時劍拔弩張，油井的怒吼來自於生命深層中的怒號：「給我賠錢來！混帳啊——」

『啪！』一聲清脆的耳光，甩在油井油亮的臉上！一切的震動和氣場也因為耳光而化為平靜。

「老頭子，你從來沒有打過我……」油井摸著被打的臉頰兩眼無神的望著父親。

「都怪我太寵你，才會讓你變成魯肥！」油井的父親緊握著雙拳，悲痛的說著：「如果沒有讓你沉迷這些動漫和遊戲，你也不會變成這樣……短短幾年增肥七十多公斤，進而讓你畏懼他人眼光而封閉自己，越來越魯、越來越肥……」油井的父親拿下自己的眼鏡，老淚縱橫：「是爸爸對不起你，你就和爸爸一起去領失業救濟金吧！也許你體重是別人的兩倍，可以申請兩份救濟金也說不定……」

油井只覺得天旋地轉，兩眼模糊了起來。「我不要去領失業救濟金啦！」油井邊哭邊跑出房間，眼角撇到健太門口的昆蟲箱。

對了！可以去抓那些蟲，這樣有了三十萬就可以自己租個房間繼續當魯肥了！油井一把抓住昆蟲箱和捕蟲網，邊扭動著一百四十公斤戰象身軀邊跑出家門。

「油井！你要去哪裡啊！油井！」油井絲毫不理會家人的叫聲，直奔火車站。

◈

在網咖睡了一晚，睡前還喝了不少杯喝到飽飲料吧的碳酸飲料；睡到網咖時間到了後，油井到速食店吃了三個漢堡和三個薯餅，喝完大杯可樂後上了火車。

從都市的風景慢慢變成了鄉下風景，油井也知道已經沒有退路了，身上的錢總有用光的時候，這是爸爸給他為了買最新限定版電腦遊戲的錢，現在也花的差不多了，錢要省一點。

邊覺得錢要省點用的油井，邊買了三個火車上的鐵路便當，一個炸雞便當兩個海苔便當，這已經很省了！大口吃掉三個便當的油井，一點也不擔心未來的自己該怎麼辦。

只要多抓幾隻蟲，帶去賣錢就可以了！想到抓蟲換錢的自己，就像是知名狩獵各種龍的獵人主角，油井滿意的笑了出來，遊戲中的人物是用大劍，現實中的自己也有很厲害的武器！邊笑邊看向捕蟲網的油井，十分的自豪。

會這樣有自信不是沒有原因的，油井確實是捕蟲的箇中好手。當年小學時身材結實又充滿朝氣的油井，因為住在鄉下的爺爺奶奶家很喜歡在山中或是小溪遊玩，無論釣魚還是捕蟲都是駕輕就熟，油井還因為身手靈敏而受到朋友間的誇獎呢！但是沒想到，上國中前爺爺去世，到了國三最後一年和健太參加了奶奶的葬禮，最後一次捕蟲後，就再也沒有回到鄉下了；後來迷上了電子遊戲，人生因此走調，就算爸爸媽媽再溺愛，油井的心靈也早就腐敗不堪了。嘲笑諷刺、惡言惡語、社會上的惡意形象等等，油井已經覺得世界上讓他絕望了。

到了山中入口，也已經是黃昏了，油井開始動手準備，期望在夜晚的時候找到土壤或是樹上的甲蟲或是鍬形蟲；晚上行動的油井，也是希望能夠避人眼目外，還可以搭早班車直接回去到商店去販賣。

「誒嘿嘿嘿，可愛的小寶貝們，我、來、嘍！」發出噁心撒嬌聲音的油井，身軀搖搖晃晃的進入了山中。

目標是鍬形蟲，除了成蟲之外，希望能找到俗稱『大王鍬形蟲』的鍬形蟲，若是可以找到基因突變的『白子鍬形蟲』，那就真的可能賣到三十萬日幣！油井將白子化的鍬形蟲稱為『白金鍬形蟲』，在他小的時候確實看過幾次，這一次在這應該也可以找得到。

沒錯，這個山就是油井長大的地方。曾經的故鄉，讓油井再熟悉不過了，滿懷自信和滿滿的鬥志，讓油井開心的往山中走去，絲毫不畏懼夜晚的山，滿腦子只有數不清的萬円鈔票。可惜，不到三十分鐘，油井已經氣喘吁吁，坐在大樹下了。

「呼呼……以前這個山路一下就爬上去了……」油井疲憊的坐在樹下，將包包內的便當拿出來，是剛剛山下買的燒肉便當，兩三下吃完後又大口灌了可樂。

記憶中往上走大約三十至四十分鐘會有個小涼亭，小涼亭再走過去三十分鐘左右會到一片樹林的地方，印象中再走進去十五分鐘可以有個捕蟲點，以前的油井常常在那邊抓到鍬形蟲。

又走走停停了四個多小時，油井總算到了以前的捕蟲點，放置陷阱後，全身因為汗而濕透了，「不……不行了……休息……」油井邊喘邊坐下來，身上蓋著外套就陷入了沉睡。

不知道睡了多久，油井突然驚醒！

『哈啾！』油井打了噴嚏坐起身，似乎冷醒了；醒來後的油井邊搔著油膩的頭皮，邊看向旁邊設置的陷阱。除了螞蟻和飛蛾一隻外，連小隻的鍬形蟲都沒有。

嘖……果然想的太天真了嗎？油井邊起身，邊靠近設置的陷阱；那是一個類似露營燈蓋上白布的設置，趨光性的鍬形蟲或是獨角仙或許會靠近……

咦？油井突然看到陷阱附近有個物體在爬，瞬間拿起了捕蟲網套住！雖然那隻大蟲一直掙扎，兩三下就被油井丟到了壓克力捕蟲箱內。油井仔細看，不禁高興的發抖著！是一隻大隻身體呈現金黃色的鍬形蟲！雖然不是白金鍬形蟲，但是這隻看起來又健康又碩大的鍬形蟲，肯定也可以賣個好價錢！也許十萬、不，也許可以喊到二十萬！如果遇到想要的買家，肯定可以賣個更好的價格！

「哈哈！果然來對了！讓我先拍張照吧！」一般鍬形蟲最長大約長達十二、三公分，油井抓到的這隻不但色澤特別，還長達約二十公分！

油井高興的用智慧型手機拍下好幾張照片，等到下山可以連接到訊號後，就可以貼上網找買家了！油井高興的坐下來後，拿出包包內的飯糰大口咬著，美乃滋和唾液流到了褲子上，油井不覺得髒仍開心的吃著。

「哈哈哈哈！太愉快啦！」油井大口喝下可樂，大聲喊著！山中沒有其他人，回音就這樣迴盪在山中，油井高興的站起身，期待更多的鍬形蟲或是獨角仙出現。油井拿起昆蟲箱，非常滿意欣賞著這隻會讓他賣很多錢的鍬形蟲。

「不行！快點放開波克揪嚕！」傳來一個細小的女性聲音。

什麼？油井四處張望，發現沒有人……聽錯了吧？雖然油井知道夜晚的山中是很危險的，但是不相信妖怪和鬼神的油井，只覺得應該是聽錯了。

「你這個人類！不要抓走波克揪！快點放牠出來嚕！」

又聽到了！油井望向眼前，驚訝地瞪大雙眼！

是一個身高只有十五公分左右，穿著奇特綠白色衣服的小女孩；小女孩精緻的就像是一個做工精細的公仔，大大可愛的雙眼和清秀的臉蛋，配上短髮及肩的髮型，真的非常的漂亮！只是小女孩並不是公仔，現在正氣鼓鼓的對著油井說話，似乎真的擁有生命。

小女孩又大聲的說著：「人類！不要裝作沒聽到嚕！」小女孩邊說，邊一手插腰一手指著油井。

油井扶了扶眼鏡，看著眼前的小女孩。這個奇妙的生物到底是什麼東西？油井突然想到了，小時候附近的老人都會說看過一種神奇的小矮人，叫做克魯波克魯，站在葉子下唱歌或是躲雨，是一種神奇像是精靈又充滿夢幻的存在。

「所以……妳是什麼東西？要幹什麼？」油井鎮定的問著，以前常往山中跑，早聽過許多傳聞，現在實際看到一點也不覺得奇怪；應該說，也認為這個小矮人，也不能對自己怎麼樣吧！

「什麼東西？真沒禮貌嚕！」小女孩臉頰又氣的鼓起來，大聲的說著：「我是依妮魯，是克魯波克魯的族人！」依妮魯完全不怕油井，慢慢爬到了油井旁邊的樹枝上，「波克揪是我的重要的朋友，快放他走！」依妮魯說完後，大大的眼睛瞪著油井。

「波克揪？什麼？」油井看了看依妮魯，依妮魯用右手指著昆蟲箱內的揪形蟲，油井瞬間恍然大悟，卻又莞爾一笑。

「你說這個揪形蟲啊？我才不要放他走，我要把牠賣掉！」

「賣掉？人類你憑什麼可以做這種事情！」依妮魯看著油井。

油井冷笑了幾聲後說著：「當然可以啊，因為是我抓的啊。」油井毫不在乎的用手指挖著鼻孔，黏在手上的鼻屎濕濕黏黏，油井毫不在乎的放到嘴中舔著。

「當然不可以嚕！」依妮魯近乎咆嘯的喊著：「任何山林中的生命都是屬於自己的，人類你根本沒有資格奪走牠們的生命！這種行為根本就是不允許的，是犯罪的嚕！你有想到波克揪的感受嗎？沒有！你只想到你自己啊嚕！」依妮魯兩眼快冒出火來，生氣的依妮魯氣到話都說不清楚，臉色漲的紅紅的。

「沒有這個揪形蟲賣錢，我就會餓死，妳也為我想想啊。」油井兩手一攤，擺出一副『怪我嘍？』的表情。

依妮魯快氣炸了！氣得全身發抖的她、眼角也流出眼淚來，真正的氣到哭！依妮魯大聲罵著：「你這個肥豬！貪婪又噁心的肥豬！」聲音大到出現了回音，回音不斷傳來『肥豬肥豬肥豬豬豬豬……』

原本從容不迫的油井，臉上瞬間黯淡了下來。

從什麼時候開始的？當油井體重胖起來時，短時間幾個月內胖了二十多公斤，已經不是骨架大的藉口，而是真正的變肥了。

『誒！那個油井是不是生病啦？』

『這麼肥很不方便吧？真可憐。』

『哈哈哈！好像肥豬喔！哈哈哈！』

油井忘不了他心儀的女孩子，在聽到同學說自己是肥豬時，忍不住『噗』的笑出來時，那雙雙同情又輕蔑的眼神。

不要看我！我肥又怎麼樣！油井內心掙扎的吶喊，卻又沒有膽量大聲吼出來；隨著體重越來越胖，最後以低分飛過畢業門檻，也正式的成為了足不出戶的尼特族，一個失敗的肥宅。

油井冷酷地看向依妮魯，露出了一絲冷笑。

「……妳太過分了。」油井小聲的說著，轉過身背對著依妮魯。

「咦？我、我才不會道歉嚕……」依妮魯雖然嘴上那麼說，但是也發現自己好像說得太過火，兩隻手交叉抱胸前撇過頭時，還是用眼角偷偷看著油井。

一瞬間！依妮魯被一個東西蓋住！依妮魯在物體間翻了兩三圈、跌坐在地上！

「痛……人類你做什麼！」地上？可是怎麼感覺怪怪的？依妮魯看向油井。

依妮魯立刻懂了，油井已經用另一個昆蟲箱將自己關在裡面！

「人類！放開我！」依妮魯敲著昆蟲箱的壓克力板牆壁，大聲喊著：「人類！你到底要做什麼！」

油井一臉噁心的表情，舔著上嘴唇說著：「誒嘿嘿……妳說要做什麼呢？」

雖然油井沒有回答依妮魯，依妮魯的臉色也一下子刷的變白了；還會做什麼呢？肯定不會是好事情！依妮魯用力撞向壓克力的昆蟲箱！努力想要讓箱子撞出一個缺口！油井一不小心用另一隻手扶住關著依妮魯的昆蟲箱、原先關著揪形蟲的昆蟲箱掉到了地上、叫波克揪的揪形蟲快速的飛出昆蟲箱！

「快逃！波克揪！」依妮魯大聲喊著，但是透過昆蟲箱的影響聲音不太大。

「啊！我的二十萬！」油井想要追上去用捕蟲網抓，無奈肥胖的身軀太不靈光，一下子波克揪已經失去了蹤影！

油井氣炸了！轉過身瞪著依妮魯！依妮魯也完全不怕，也回瞪著油井；過了幾分鐘，油井笑了出來，眼神也變的銳利了起來。

「妳知道嗎？我原本想說把妳報給媒體之類的讓我成為名人，這樣我就可以名利雙收。」油井說到這頓了頓，露出了發黃的牙齒和難聞的口氣說著：「我考慮過了，不把妳交給媒體了，我要把妳放到網路上拍賣！」

網路上拍賣？什麼意思？依妮魯一時之間不懂的嚴重性，只是以充滿問號的眼神看著油井。

「不懂？」油井邪惡的笑了笑：「可以賣三次！先拍賣給收藏家或是有錢人，把妳當成玩物或是寵物，運氣好也許只是當寵物供人觀賞，運氣不好嘛……誒嘿嘿……」油井拿起昆蟲箱，伸出肥厚的舌頭舔了一下依妮魯所在的壓克力板。

一股毛骨悚然的恐懼感傳遍了依妮魯全身！依妮魯渾身無力的癱坐在昆蟲箱內，兩眼發直的看著油井在壓克力板外的另一端張著大嘴邊舔邊喘息著。

油井舔著嘴唇邊笑著說：「賣的時候和收藏家簽約，務必要在妳死時賣給科學家解剖，這樣就可以好好的研究妳的身體；然後呢……」

還有然後？都解剖了還能怎樣？依妮魯臉色發青發抖著：「還、還能怎樣？」

油井誇張的張大嘴，一個字一個字唸著：「泡、藥、酒——」還特別拉長音，一臉愉快的表情，「啊——嚕。」油井故意學依妮魯口氣說話，臉上的猥褻笑容看在依妮魯眼中更加噁心。

無視快要暈厥的依妮魯，油井說著：「只要和解剖的科學家先說好，在之後提供給美食家或是有錢的廚師，我相信剩的肉炸的酥脆或是烤的口味夠重，一定可以吸引人掏出錢品嚐！」油井拿出事先放在包包內的烤雞腿，大口含下，像是已經在品嚐依妮魯的味道般，用力吸允吃著，直到只剩骨頭，拉出嘴巴發出『啾嚕』的聲音後，看著依妮魯邊笑邊晃了晃手上的骨頭。

接著丟到地上一腳踩碎！

依妮魯跪坐著抱著頭，大聲哭喊著：「不、不要……爺波魯、哥波魯……救命啊——」依妮魯此時此刻才知道，油井是多麼的沒有人性、自己的生命就要到此為止了嗎？才不要！只要大聲叫喊，也許克魯波克魯族人會聽的到！

「救命啊嚕！救命啊嚕！」依妮魯隔著昆蟲箱喊著，卻無奈的聲音被削減大半……油井滿意的收拾完後，將包包背起，拿起關著依妮魯的昆蟲箱朝著回程的路回去。

為了這個稀有又漂亮的克魯波克魯，收藏者會花多少錢呢？肯定是一千萬吧！然後科學家也許會花一百萬、美食家恐怕也會出個三百萬吧？也許直接競標、看廚師高還是收藏家高，也許可以炒作到三千萬呢！油井的心情更加的好起來……

『依妮魯！依妮魯！』不遠處似乎傳來呼喊依妮魯的聲音。

依妮魯動了動像是妖精的尖耳朵，眼睛瞬間亮了起來！是哥哥的聲音！也許克魯波克魯族的戰士們一起阻止油井，或許可以逃出來！

「哥波魯！哥波魯我在這裡！」依妮魯大聲回應著。

『聽到聲音了嚕！依妮魯的聲音嚕！』感覺有東西朝油井的方向衝過來！

「嘖！」油井不高興的嘖了一聲，粗暴的搖晃了昆蟲箱！「給我安分一點！」被油井這樣用力一晃，依妮魯嬌小的身軀撞了好幾下昆蟲箱，虛弱的趴在裡面。油井繼續的趕路，想要努力跑起來的身體滿頭大汗。

「給我站住！」油井眼前突然出現了三個克魯波克魯族男子，身上都是深綠色和白色條紋的衣服外，中間那位壯碩的男子比起其他人高一點，大約有十八公分左右！三人手上都拿著迷你小刀。

「哥波魯……」依妮魯看著中間的男子，就是依妮魯的哥哥，克魯波克魯族內最強的戰士。

「散開！」哥波魯一聲令下、兩個克魯波克魯戰士各往左邊和右邊散開、三個戰士瞬間都騎上大隻的揪形蟲或獨角仙衝向油井！哥波魯大喊「狙擊！」的同時，右邊的克魯波克魯戰士發射迷你彈弓、石頭快速的打向油井的眼睛方向！雖然只是小石頭打到了油井的眼鏡，卻也讓油井頓了一下！哥波魯騎著揪形蟲直接繞到油井的背後，目標是那個昆蟲箱的帶子！

戰意正濃的克魯波克魯戰士，像是背後響起了戰鼓一般；哥波魯想起了一路過來他們戰勝了野貓、蜈蚣、野雞……多少強敵啊！不也都被高傲的克魯波克魯戰士們打倒了嗎？

必勝！哥波魯大喊著：「讓你瞧瞧克魯波克魯族的驕傲！」眼神發出了光芒！

「煩死了！」油井突然轉過身，大巴掌打向哥波魯！哥波魯被打飛到了旁邊樹的方向後一頭撞上！哥波魯和揪形蟲無力的掉到了地上。

「哥波魯！」發射彈弓的克魯波克魯戰士憤怒的讓揪形蟲飛低，他要避開油井可怕的雙手怪力，要從下方攻擊要害！

『噗——』油井突然放了一個響屁！伴隨著響屁似乎還有異常臭的臭味，彈弓戰士大喊著「我的眼睛看不到了——」硬生生撞到了油井的屁股中間！油井瞬間緊縮臀部、彈弓戰士和揪形蟲被肥厚的臀部擠壓、深深陷入肥臀中，肥肉因為擠壓還發出『噗滋噗滋』的聲音。

「啊……啊……」陷入肥肉中的彈弓戰士只剩拿著彈弓的手還露在肥肉外，幾秒鐘後手也無力的垂下，油井放鬆臀部的肌肉，彈弓戰士和揪形蟲全身無力的從油井臀部掉落到地上。

剩一個克魯波克魯戰士了！這個光頭的戰士充滿著肌肉，是克魯波克魯族中最強壯的戰士！肌肉戰士氣得發抖，自言自語著：「我原本不想用這一招的……哥波魯、抱歉了，我要解開封印了！現在就是所謂的非常時期啊嚕！」肌肉戰士開始運氣、全身的肌肉像是膨脹了兩倍大！

「祖靈啊！山神啊！都聚在我的體內啊嚕！」風壓在肌肉戰士周圍捲起旋風！這是會縮減壽命的禁忌招式！肌肉戰士大吼一聲『啊嚕！』衝向油井！

『啪！』油井像是打蚊子一般雙手用力合上！肌肉戰士像是漏氣的氣球一樣輕飄飄掉在地上。

克魯波克魯族戰士，完敗。

油井興奮極了！「誒嘿嘿——」他狂笑著在森林內奔跑，興奮的他大叫著，「有很多錢要來啦！要成為億萬富翁啦！」連來救依妮魯的克魯波克魯族戰士也對付不了他，現在他只要順著原路走回去，酒醉金迷的美麗未來正在等著他去享受啊！

肥胖的身軀終於累了，滿身是汗的油井靠著一棵大樹坐了下來。

「求求你放我回去……」依妮魯邊敲著透明箱的壓克力牆邊發抖哭泣著。

油井舔了舔嘴唇，唾液從嘴邊流下：「呵呵呵呵，不——行，我要把妳賣掉，這樣我就可以發大財了！看誰還會叫我魯肥！」油井邊說邊嘟著嘴說著，「啊嚕。」

痛哭發抖的小女孩和長相醜陋笑到抽蓄的魯肥，在這月色下更加的詭異。

油井站起身，突然發現克魯波克魯族似乎全員出動了！在後面的道路有將近一群克魯波克魯族衝來，光目測至少有五、六十……不，恐怕有上百人啊！

油井打算用衝的下山，避免和他們正面衝突，再怎麼說數量也太多了！油井的速度在下山時提昇許多、慢慢的克魯波克魯族似乎跟不上，已經過了小涼亭了，很快回到了人類社會後，滿滿的就都是錢！錢！錢啊！

第一步應該去網咖登入暗網……油井突然覺得好像怪怪的？

突然心窩一陣悸動！油井放慢腳步，心窩痛得受不了！是因為平常炸雞吃太多了嗎？明明一餐都只吃兩桶十塊炸雞桶而已……又一陣悸動！油井左手抓著胸口、跪到了地上！深、深呼吸！放輕鬆應該就會好了吧……

心悸變成了絞痛！油井向前倒下、已經意識到要求救的地步了！油井左手繼續摸著胸口，右手打開了智慧型手機，想按下緊急電話……發現胸口慢慢的不痛了。果然舒緩多了嗎？油井嘴角浮起微笑，不痛了嘛！那起身再走幾分鐘，就可以到網咖上網拍賣克魯波克魯了哦！可是好想睡一覺，睡起來再說吧……

好像回到了身體可以自由動作的那時候，奔跑的快感、清新的空氣、周圍和善的眼神，小時候的油井，快樂的油井，善良的油井。

天亮了，早晨的陽光照射下來，油井的表情很祥和；冰冷的身體早已沒了體溫，罪惡的靈魂飄去哪了呢？

依妮魯緊緊抱著右手骨折包紮起來的哥波魯，邊發抖啜泣著；彈弓戰士則是肋骨斷了幾根，需要靜養；肌肉戰士狀況比較慘，要恢復自由行動恐怕要一年以上吧！克魯波克魯族人離開了油井的屍體，過不久傳來一陣騷動，早晨運動的人尖叫聲響徹天際。

◈

油井的死因是心肌梗塞，似乎是平時就不愛惜身體，終於在激烈運動後引發死亡；從帶去的東西研判，油井是去抓昆蟲，而在快清晨時死亡；現場只有空的昆蟲箱，研判抓到的蟲應該都跑光了吧。

油井的死亡為家人帶來了豐沃的保險金，至少在三、五年間內不會為了生活煩惱吧！油井家人討論過後，決定開一間拉麵店，一家人也開始了新的生活。

「哥哥，抱歉了哦。」健太看著窗外的藍天，眼角泛著淚光。

在津津有味吃著炸雞的油井面前，健太都是冷眼旁觀；並設計在油井出門時，讓搬家公司來整理油井房間，這一切的計畫也是健太說服爸爸的；在聊天時有意無意說出寵物店願意高價收購昆蟲，讓憤怒的油井抓起捕蟲箱衝出去。

沒想到一出門就死了……或許這是最好的結局吧。

健太想起自己五歲時，當時還很正常的油井，曾經帶健太去山中抓昆蟲；油井苗條的身材，清秀的臉龐，完全和後來的油井判若兩人。

當健太因為調皮要把抓到的蝴蝶用手捏爛時，油井溫柔的阻止、並讓蝴蝶慢慢飛向天空。

「哥哥！為什麼要放走蝴蝶呢！做標本不好嗎？」健太歪著頭問著。

油井在陽光下微笑著：「我們要好好的尊重生命，要好好的保護這個世界，知道嗎？」油井的臉龐既帥氣、又充滿著正面能量。

「健太！下樓吃西瓜嘍！」樓下母親的呼喚，讓健太的思緒回到了現在。

健太喊著：「好喔！」望向已經清理的很乾淨的油井房間，「哥哥，在那個世界好好減肥吧！」健太關上了門，油井將從這世界的記憶中，漸漸消失。

❖克魯波克魯解説

克魯波克魯，愛奴語 korpokkur，是日本北海道原住民口耳相傳會在北海道出現的小人，意思為『蕗葉下的人』。蕗中文翻譯為蜂斗菜，別名冬花、款冬或款冬蒲公英，屬於菊科蜂斗菜屬，多年生草本植物。可當中藥調理身體或是入菜。

愛奴小人傳說非常的廣，從北海道到南千島到樺太都廣為流傳，名稱也有許多種；根據愛奴人的說法，從愛奴人還沒在北海道一代土地上生活時，克魯波克魯就已經生活在這片土地上；因為身材實在太過矮小，在人類族群中相對弱勢，但是動作十分敏捷、又善於捕魚，會用蕗葉裝飾住的地方。

克魯波克魯與愛奴人非常友好，會將捕到的鹿或是魚贈送給愛奴人或是彼此交換物品；或許是因為身高不同的關係，很討厭自己被盯著看，會在夜裡躲在窗戶邊和愛奴人交流。

但是有一天發生了愛奴青年調戲克魯波克魯少女的事件。愛奴青年趁著克魯波克魯族人在房屋附近交換物品夜晚視線不清時，強行拉了克魯波克魯族其中一人的手進入屋內，這時發現是克魯波克魯族非常美麗的少女。少女的指甲上似乎還被愛奴少年強行刺青，象徵少女是屬於愛奴青年的。

被青年的無禮激怒的克魯波克魯族，舉族往北方的海集體離去。之後愛奴人再也沒見到克魯波克魯族人，彷彿不存在一般；到了現在除了偶而從克魯波克魯住過的遺址發現石器或是土器，其他的存在就像是只留下名字一樣，沒有更多的訊息或是證明了。

各地還是有不同的克魯波克魯的傳說，像是「克魯波克魯族是被愛奴人迫害而離開的」、「非常懼怕愛奴人手上的刺青」等傳說；特別是十勝地區，因為憤恨不平的克魯波克魯族詛咒愛奴族，在離開時候用愛奴語說著「這個地方水會乾枯！魚將腐敗！」發音很像現在十勝的日語，同時也是十勝地區名字的由來。

凶宅鬧鬼實況

現今，觀看網友實況直播已是網路娛樂的主流，有人實況遊戲攻略，有人實況繪圖，有人實況糕點烘焙，也有人實況小狗大便，總之，你所想得到的任何事都能實況給別人欣賞。

實況直播這項娛熱會興起的原因，不外乎就是在這人與人越來越疏遠的時代，觀眾可以透過視訊鏡頭與實況主產生連結，實況主生趣的反應也能讓觀眾有一同參與事件的體驗，因此，我才會和那位實況主一起得到不太愉快的體驗。

說不太愉快，應該說是毛骨悚然比較實在。

瞇狗，這是那位實況主的暱稱，他實況電視遊樂器的電玩，三百六十五天全年無休，是位精神力與戰鬥力都特別高的實況主，他的電玩技術行雲流水，就算是剛入手的遊戲一樣也能玩得跟老手一樣流暢，所以我非常喜歡看他的實況台。

不過有天他突然不實況遊戲了，因為他母親認為他只靠實況賺錢很沒前途，要他出去工作，他不肯，於是他母親就把他的PS4摔爛，氣得讓他當場離家出走。

其實我能理解他母親憤怒的原因，畢竟瞇狗已經是三十多歲的人了卻還沒結婚，也沒有其它興趣與專長，平日唯一活動就是實況遊戲攻略，所以除了我和他母親以外，也有很多觀眾為他擔憂。

先不說這個，在他離家不到一天後很快又開台了，不過地點不是他平常那間有很多動漫掛軸的房間，而是一間小套房。

套房大小約五坪左右，裡面除了胖胖的瞇狗本人外就沒什麼東西了。

「歡迎大家觀看瞇狗的實況台！我是瞇狗。」他對著鏡頭微笑道：「大家應該知道昨晚的事了吧？所以今天就不實況遊戲了，今天我要來直播凶宅實錄！」

原來，瞇狗那間套房是曾發生過命案的凶宅。

聊天室理所當然一片譁然，他開始解釋，下個月有三款遊戲大作要發售，沒有正職的他，必須趕緊賺到能一口氣買三片遊戲加上一台主機的錢，而他剛好在離家隔天早上找到一份兼差，叫事故現場勘查，雖說是勘查，但其實只要去房仲指定的地點住一個月，幫他證明這間房子沒有鬧鬼就行了。

有觀眾聽聞，表示事故現場勘查是房仲為了鑽法律漏洞而產生的黑暗職業，照理說應該是不能說的祕密，不過瞇狗卻公然實況，觀眾便對他的說詞感到懷疑。

瞇狗看了這條言論非常生氣，氣到整張肥油臉都在抽搐。

他強調他說的話都是真的，那間套房真的是凶宅。

「你們看！」瞇狗亮出事故現場勘查的契約書說：「A市X街森屋公寓B棟五樓之一，就是我這間房，房仲說這裡曾發生過入室凶殺案，不信的話你們可以上網查。」

我聽他的話秒速上網，結果什麼資料都沒有，其他觀眾也一樣。

「可惡！那一定是沒有被報上新聞，反正這間套房真的有死過人啦！」

他激動到口水都噴出來，但很快就有觀眾表示，連契約書上的地址都是假的，用GOOGLE地圖查詢就能發現，瞇狗所在的位置根本不是公寓，而是一座墓地公園。

「怎麼可能？」瞇狗疑惑，同時按著筆電外接的滑鼠確認，不到一會，他皺眉說：「真的耶！好奇怪，這之間一定有什麼誤會，我先打給房仲一下。」

然而，瞇狗才剛撥完號，佈滿青春痘的肥臉垮了下來。

「無此號碼……怎會這樣？」

見瞇狗臉色慘白，我就發覺事情不太對勁，但其他網友似乎沒感到異狀，反而還認為瞇狗在演戲而炮轟他。

「什麼啦？當我們很好騙喔？」、「別裝神弄鬼衝人氣啦！」、「失望！原來瞇狗是這樣的人，以後都不看瞇狗的台了！」、「搞不好PS4被打爛也是謊話，因為敵不過黑子姬的實況台所以想藉此炒話題。」

失去理性的網友毫不留情謾罵著，觀看人數也從五千人降至兩千人，如此大幅下滑讓瞇狗心急了，他跪下來說：「我說的都是真的，拜託大家相信我！」

他激動到眼淚都飆出來，我看他沒朋友沒女友沒妹妹沒工作又被媽媽趕出來實在很可憐，趕緊跟他留言：「瞇狗，我相信你，所以別哭了，我覺得應該是房仲給你的資訊是錯的，你出門問問鄰居應該就知道了。」

「好……好的，我去問問看。」

他啜泣完，走到鐵門前轉手把，轉著轉著，他突然大叫。

「轉不開！怎會這樣？」

他嘗試好幾次，但無論怎麼轉，門都一無所動，於是他又跑回來問：「怎麼辦？我好像被反鎖了。」

「還真會演耶，呵呵。」

不信腦狗的網友繼續冷嘲熱諷，但也有較理性的網友留言：「別緊張，去窗戶跟隔壁求救吧。」

腦狗慌張走到窗旁，直說：「靠！外面超暗。」

「什麼超暗？我只看得到你那熊身軀。」

由於觀眾的畫面只有腦狗本人站在窗前的景象，腦狗便將攝影機拿起，並用另一隻手拿筆電。

隨著鏡頭晃動，我突然感覺好有臨場感，腦狗的實況變得有點像第一人稱的紀錄片，觀眾看不到他本人，只聽得到他說話的聲音。

他將鏡頭對準窗外後，說：「你們自己看，超暗，什麼屁都沒有。」

真如他所說，超暗。

其實我還是隱約能看到窗外的街景，但對面公寓的窗戶沒一扇是亮的，柏油路上也沒一輛車在行駛，才不過晚上七點，竟一個人都沒有，此時，總算也有觀眾感到事態不正常，他們開始叮嚀腦狗，無論遇到什麼狀況都不要關掉實況。

接著，有人要腦狗看看能不能從窗戶出去，於是他伸出他肥大的右手打開窗戶，將攝影機移至窗外，樓下一片烏漆抹黑，要不是還有點月光就真的什麼都看不到了。

「幸好窗戶還能開。」網友說：「你就從窗戶逃出去吧。」

「好喔……等等！這裡是五樓耶，我直接出去會摔死啦。」

瞇狗慌張吐槽，隨後就不再發出聲音。

「怎安靜了？」

「別嚇人啊！」

「瞇狗你沒事吧？」

「好可怕！比遊戲還刺激！」

聊天室留言快速刷新，觀看人數也逐漸回升，看來瞇狗的凶宅實錄已被網友在推特上瘋傳。

只聞瞇狗用著顫抖的嗓音說：「抱歉，我……我覺得頭頂癢癢的，你們可以幫我看看上面有什麼東西嗎？」

慘了。

這根本恐怖片的前奏，我覺得待會他將攝影機的鏡頭轉上去時，一定會錄到不得了的畫面，但或許是觀看實況不會有生命安全，所以大部分的網友都立刻說好，甚至還有人催瞇狗不要拖時間。

「那我轉了喔……」

他說完，深呼一口氣。

「希望不要拍到奇怪的東西。」

我如此留言，隨即一張慘白的臉映入鏡頭，我嚇到心臟停了半晌，太可怕了！是位白衣女子，她懸空倒吊，瞇狗會覺得頭頂發癢，正是因為她長髮垂下來搔到他頭頂的關係。

「FUCK！」

「媽呀！」

「這太狂了吧？」

「嚇死人！」

聊天室留言每秒刷新二十樓，可見畫面驚嚇度非比尋常，但真正恐怖的現在才要開始，只見女人緩緩朝著鏡頭飄落而下，毫無血色的臉孔異常有壓迫感，我心臟都快蹦出來了，但睉狗卻還愣在那鬼吼鬼叫。

「還在叫什麼？快點逃啊！」

「對啊！白癡喔！」

「趕快回房間！」

「她要碰到你了啦！」

留言刷新速如瀑布洶湧，不到幾秒聊天室全被「快逃！」的字樣佔滿，就在這時，女人張開她慘白的嘴唇，細長的舌頭垂直落下，見睉狗好幾天沒洗的油頭就快被她舔到，我便跟著留言，要睉狗別愣在窗前。

「哇啊啊啊！」

喇叭傳來一陣慘叫，鏡頭同時晃動劇烈，嚇得我以為睉狗被舔到頭了，結果沒有，他只是躲回房裡時太緊張而跌了一跤。

一會，他將自己攝入鏡頭，氣喘吁吁對攝影機苦笑說：「沒、沒事了，哈哈……」

「才怪，她爬進來了啦！」

畫面中，那女人以詭異的姿勢倒著從窗戶爬入，瞇狗立刻衝往大門，而這次他一下就將門打開，於是他驚呼一聲「耶！」，隨即就是一聲重重的關門聲。

他逃出房間後，喇叭再度傳來他急促的喘息聲，聊天室則依舊是以每秒二十樓的速度持續刷新。

「剛才真是可怕！」

「這影片會紅，你要發大財啦！」

「瞇狗，加油！我們會陪你的！」

「以後要是成名，別忘了我們啊！」

「超刺激！好像看電影！」

「謝謝大家。」瞇狗微笑道：「剛剛真的好可怕，還好有大家在，不然我真不知道該怎麼辦……」

「瞇狗，你先別高興太早。」網友說：「事情可能還沒結束。」

「說……說的也是……」

瞇狗越說越沒力。

的確，事情還沒結束，從剛剛窗外的景象就能得知，並非只有剛才的房間有問題，而是這整棟公寓、整個街區都有問題。

瞇狗他必須要逃得更外面才算真正安全。

「我把攝影機掛在胸前，這樣就不會晃了。」

他將攝影機掛好後，畫面確實穩定許多，而映入鏡頭的是一條長廊，長廊左右兩側依稀能見幾扇鐵門，再往更遠處看去則是一片黑。

「真是不想走過去啊。」

他說。

要是我跟他位置對調，我應該也是不太想向前踏一步。

「上啊，瞇狗！」

「快逃出這鬼地方啊！」

「有八千個觀眾幫你，不要害怕！」

觀眾紛紛留言鼓勵，瞇狗便啜泣地說：「謝謝大家的支持，那我走了喔！」

瞇狗左手拿筆電，右手拿手機，並用手機的手電筒ＡＰＰ照亮前方。

我嚥了口沫。

此時此刻，鼬狗的實況台真的變成第一人稱恐怖實境秀了。

我戰戰兢兢緊盯螢幕，就怕下一秒就會有什麼東西從旁邊的門衝出來。

依稀，門把轉動的噪響從不遠處傳來。

「媽呀！那麼快就又有新事件喔？」

鼬狗藉由搞笑吐槽的方式幫自己壯膽，接著我就看到那扇門把不停轉動的鐵門。

那扇門位於鼬狗左前方一公尺處，裡頭是人是鬼不曉得，鼬狗小心翼翼往右側靠去，顯然沒有要理會他的意思，但正當他快越過那扇門時，劇烈的拍門聲乍然轟出，嚇得他驚聲尖叫。

「喂！有人在外面嗎？」門內傳來一位陌生男子的聲音，「救命！我被鎖死在裡面了，可以幫我開門看看嗎？」

「怎……怎麼辦？」

鼬狗小小聲問道，聊天室便刷出一堆「別相信他」、「別開門」、「搞不好是陷阱」之類的言論。

沒錯，雖然門內的男子的確有可能是跟雖狗一樣，是被那位不知是人是鬼的房仲騙進來的，不過依照以往看恐怖片的經驗，這也很可能是陷阱！

絕對不要開門，我如此留言。不過有些觀眾卻說不要想太多，搞不好裡面真的是人也說不定。

「所以到底要不要開門？」

雖狗惶恐地問。

「別開，開了會死。」

「開啦，有同伴比較安心不是嗎？」

「安你老母，你怎知道裡面不是鬼？」

「那你又怎麼知道裡面不是人？」

觀眾就這樣擅自分成兩派吵起來了，眼看聊天室陷入混亂，雖狗便說：「大家別吵，我決定不開了，呵！」

語畢，他快步朝前邁進，遠離了那扇詭異的門。

就在這時，我突然察覺影片裡瞇狗的腳步有回聲……不，不是回聲，那回聲的頻率跟瞇狗的腳步不一樣。

「叩，叩，叩。」

腳步聲的節奏非常地穩，還很響亮，據我所知，只有高跟鞋能發出這種聲音，但瞇狗並不是穿高跟鞋……

有人跟在他後面！

「靠……完蛋了啦。」

瞇狗壓著嗓音哀叫，走路也越來越快，他也察覺到後方有高跟鞋的腳步聲了。

「後面好像有人。」

「不會是被跟了吧？」

「媽呀我不敢看了。」

多出來的腳步聲讓觀眾們感到不安，接著，鏡頭正前方映入一道水泥牆。

「天啊！居然是死路！」

瞇狗在水泥牆停了下來，然而那詭異的腳步聲仍持續響著。

「叩，叩，叩。」

「叩叩，叩叩，叩叩。」

宛如分裂一般，腳步聲瞬間拆成了兩組。

「叩叩，叩叩，叩叩。」

「叩叩叩，叩叩叩，叩叩叩。」

越來越多，越來越多，越來越多！

腳步聲不停增加、節奏漸漸促亂，還越來越貼近瞇狗了！

「嗚嗚……怎麼辦啦？」

瞇狗拍著水泥牆哭嚎。

「瞇狗！你閉上眼睛，然後直接往牆走過去！」

一個觀眾不停重複這句話，一下子就把其他留言給洗掉了。

「快點，相信我！閉上眼睛走過去！」

「好！」

我看不到瞇狗閉眼的動作，不過鏡頭又開始向前進了。

然後，很不可思議的，鏡頭竟直接埋入的水泥牆中，而且還透到另一側，魈狗就這樣隨便地穿過堅硬結實的水泥牆！

下一秒，映入鏡頭的是樓梯逃生口，而隨著他通到另一側，高跟鞋的腳步聲就不見了。

「哇啊！真的過來了，耶嘿！」

魈狗欣喜歡呼。

「躲過了！」

「魈狗帥氣！加油啊！」

「心臟快受不了，真是好險。」

觀眾再次為魈狗歡呼，而剛才那位建議魈狗閉眼睛的觀眾便說：「魈狗，我叫伶，是除靈師，情況緊急，我長話短說，你那裡是由大量怨靈製造出來的異次元空間，想逃出來就不能相信眼前的任何東西，接下來我帶你走，我可以幫你判斷什麼是真，什麼是假。」

「真的嗎？太感謝你了，伶大人！」

瞇狗痛哭流涕。

「救星來了！」

「有神快拜！」

「讚啦！瞇狗你一定能逃出去的。」

瞇狗在鏡頭前比個大拇指。

「謝謝大家，我絕不會死在這的！」

「好了瞇狗，你要往上走。」

「咦？不是要出去嗎？應該要往下走吧？」

「不行，在這裡常識並不適用，怨靈會利用我們的邏輯誘使我們步入陷阱，必須打破常規才能成功逃出。」

「好，那我上去了。」

瞇狗開始朝樓梯上步行，他爬得很快，一下就到了九樓。

九樓即是最頂層，沒有樓梯，只有一扇逃生門。

「我……我開門嘍。」

瞇狗緩緩推開鐵門，然後就到了頂層的外邊。

由於是樓頂，在月光的直射下還算明亮，能看到地上佈置著幾條水管，不遠處還有座水塔。

「出來了！啊，不是，我是說到屋頂了，接下來呢？」

「先去圍牆那看看公寓四周，既然這是虛假的空間，一定會有一處存在破綻。」

「破綻？」

「那個很明顯，你看到就知道了。」

「好的。」

瞇狗來到了圍牆，由於圍牆很高，所以他把掛在胸口的攝影機拿到頭頂上，這樣我們的視線就不會被圍牆給擋住。

「哇靠！不會是那個吧？」

瞇狗指著樓下街道、靠近公寓處那扭曲的地方，那扭曲點就像皺成一團的街景畫，柏油路面、路燈與一旁的人行道磚面被某種異力擠壓成一團模糊不清的球體。

「就是那個，還好很近，往下跳應該跳得到。」

「要跳下去？」

魆狗驚問。

「對，跳下去應該就能到原來的世界了。」

「好，就信你的，伶大神！」

魆狗爬上圍牆，將攝影機掛回胸前後，便深吸了一口長氣。

要跳了。

我心臟跳得猛烈，成功逃生的欣喜已經開始在胸口凝聚。

這場噩夢總算要結束了，加油魆狗，等你成功逃出去後一定找你喝一杯。

「等一下！」女子的聲音倏然傳來，「別跳下去，跳下去就完了！」

我差點魂飛魄散。

居然在這麼重要的時間點來了一個不知是人是鬼的傢伙。

「怎……怎麼辦啊？」

魆狗擔憂問道。

「別理她，那是陷阱，快跳。」

伶回應，雖然是留言，但我能感受到他語氣急促。

「別跳！你就那麼想死嗎？」

魆狗背後的女人再度說道。

「快跳魆狗，這是陷阱，她不想讓你走！」

「唉喲！我看一下她到底是不是人好了。」

魆狗猛然轉身，我反射性遮住雙眼，就怕看見什麼不乾淨的東西。

「別這麼害怕，我是人。」

雖然遮起雙眼，但我能從女子顫抖的嗓音感到她活生生的氣息，於是便慢慢將手掌從眼前移去，然後就看到一名脖子長到整顆頭垂在地上的女人。

原來如此。

伶說的沒錯，這是陷阱！

「哇啊啊啊啊！」

魆狗發出尖叫。只見女子以脖子爬行過來，裸露的身軀被扭動的長頸拖行著，模樣極度驚悚駭人。

「我操你媽啦混蛋！」

魍狗破口大罵，隨後便一口氣往公寓下方的扭曲點跳去，再來，鏡頭呈現一片黑暗，聊天室同時陷入暴動狀態。

「靠！畫面怎黑了？」

「魍狗沒事吧？」

「剛剛那女的是什麼生物啦？」

「魍狗不會就這樣掛了吧？」

「到底有沒有事？快回應我們啊混帳！」

觀眾們非常擔心，我也在螢幕前死咬著大拇指指甲。

拜託！神啊，求求祢一定要讓魍狗活下來，如果這世上少了他的實況台，那真的會很無趣啊！

我不停在內心祈求，希望魍狗能平安無事。

登時，喇叭傳來喘息聲，再來鏡頭便映入一張臉，那是張你在路上絕對不會想多看一眼的肥臉，也是張你看到後會在心裡產生這傢伙一定沒朋友的油臉，如此沒出息、頹廢又噁心邋遢的爛臉，那就是瞇狗的臉。

瞇狗他還活著！

「耶！」

我在電腦前驚叫，幸好這邊緣肥宅沒死，不然我不就沒有對象可以嘲諷了嗎？

「剛才真是嚇死我，不過各位，我沒事！」

瞇狗語畢，聊天室霎時暴動，觀眾以每秒六十樓的速度刷新留言，就像是支持的球隊贏得勝利般，所有人都在歡呼讚嘆！

「瞇狗，你那邊怎麼是白天？」

「什麼？」

突如其然的一段留言，瞬間將所有人從天堂打回地獄，因為……明明現在已經快晚上九點，但瞇狗身處之處卻藍天白雲，依日本地理位置來說根本就不可能，除非……他人不在日本。

冷汗從皮膚上滲出。

瞇狗似乎也意識到問題的嚴重性，他緩緩將攝影機轉向，公寓、大廈、便利商店、行駛的車子映入鏡頭。

很平常的街景，建築物招牌上的字都是日文。

一切都很正常，就只有時間不正常。

「該死……我難道穿越世界線了？」

瞇狗用動畫命運石之門的梗自娛。

「要不要去問問看路人？」

「對啊，去問一下，搞不好能知道些什麼。」

觀眾紛紛提議，瞇狗左顧右盼，人行道上的確有人在走動。

「好吧，我去問一下現在是幾年幾月幾日好了。」

瞇狗見前面有位步行的上班族，就跑過去問他說：「不好意思，請問可以告訴我今天的日期嗎？」

那名上班族沒有回應，只是對著瞇狗一直笑，一直微笑，一直露著牙齦微笑。

瞇狗又跑去問另一名步行的ＯＬ，ＯＬ一樣只對著瞇狗一直笑，一直微笑，一直露著牙齦微笑。

寒意竄上。

不用想了，魅狗他根本就沒有逃出來。

「現在怎麼辦？」

魅狗跑到一條小巷，用著毫無血色的臉問，然而，先前熱情幫忙他的伶卻再也沒出來留言了。

之後，魅狗說他筆電的電快用完，快要不能實況了，聊天室的觀眾叫他趕快去找網咖，搞不好那世界的網咖還能用，魅狗聽了，哽咽地說：「謝謝大家今晚的幫忙……如果我從今以後音訊全無，還請大家幫我分享這段影片，讓世界上的人們都知道我的遭遇……謝謝。」

魅狗說的語調很平穩，似乎已經接受他的命運。

再來，螢幕黯淡。

沒有聲音，沒有畫面，魅狗的實況台裡只剩下一群不知如何是好的觀眾。

◈

幾天後，魅狗闖蕩異世界的新聞並沒有在全世界造成轟動，因為他的實況影片沒被實況網站保存下來，即使當天有人錄下他的直播，錄製出來的內容也都是一片空白。

連一個畫面都沒留下，又肥又醜的瞇狗就這樣消失在世界上，不過因為有上萬人親眼目睹直播的關係，所以他還是以都市傳說的形式流傳在各大討論版中。

有人說，瞇狗當初找上的房仲可能是專門抓人下地獄的惡魔，也有人說那時幫助瞇狗的伶才是怨靈，雖然頂樓上的女子根本異形，但套用伶自己的說法，也就是「絕不能相信眼前的任何東西」這句話，或許那名女子真的是人，只是我們都中了怨靈的幻覺。

總之，網上議論紛紛，各式各樣的言論都有，但我認為這些都不重要了，少了瞇狗，我這四十歲還宅在家裡的廢物就毫無樂趣可言，既然如此，還不如……

「您好，請問是相川先生嗎？」

咖啡廳內，穿著西裝的男子微笑問道。

「嗯，我是。」

「相川先生您好。」他彎腰鞠躬，然後向我遞了張名片，「小弟敝姓小林，我代表西森房屋來跟你洽談有關事故物件勘查的事宜……」

我露出微笑。

吶……瞇狗，你在那個世界還有在繼續實況嗎？

如果有的話，我絕對每天都會去看你的直播。

如果沒有的話，我也會想辦法讓你開台的。

瞇狗，不管到哪裡，我永遠都會是你最忠實的粉絲。

❖凶宅鬧鬼實況解說

本篇是夏懸老師以二〇〇四年日本都市傳說如月車站以及事故物件寫成的。

二〇〇四年的深夜十一點，一名自稱搭錯車的女子在2CH網站上留言，到了一個無人的如月車站，打電話回家請父母查詢、報警求救都沒辦法的情況下，離開車站往回程的鐵軌走去；詭異的是在走鐵軌途中，後方傳來類似日本祭典的太鼓和鈴聲，又因消失單腳的阿伯嚇到不敢回車站，穿過隧道後被人載往山上，自此手機沒電而再也沒留言。

雖然日後陸續有人宣稱也到達了如月車站而逃離，卻因為無法證實而無定論，最終如月車站的都市傳說仍無定論。

時至今二〇一六年，在更強大的智慧型手機以及科技日新月異下，實況的靈異事件也是層出不窮；會瞪人的球關節人偶、跳舞實況背後出現的男人、偶像團體身後的人影等，更是屢次讓人陷入驚慌，新聞與討論更是屢見不鮮。

事故物件則是針對日本都市傳說中所敘述的，要缺錢的年輕人去發生過死人或是火災或是各種不祥事件的屋子中住，並支付高額的費用來驗證居住紀錄的都市傳說，其他還有醫院洗實驗屍體或是各種奇奇怪怪的打工傳說。

探索頻道曾經有針對平行異世界做一連串的研究，人們每一分每一秒都活在過去與未來，一瞬間的決定都會大大影響這個世界的軌道，誰又能阻止世界運行呢？

下一刻的你，是否還在原來的世界軌道上呢……

管狐

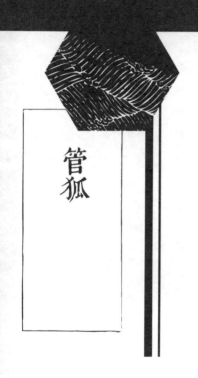

好膩。

上學，考試，回家，睡覺。

每天過著毫無起伏的生活，好膩，就像一天三餐嚐著同樣的甜蛋糕，膩到受不了。我托下巴看著教室內部。男同學聊動漫內容，女同學聊藝人八卦，沒有誰跟誰吵架，也沒有人被欺負。好無聊，真的好無聊，這世界實在太安逸了。

難道就不能有殭屍衝進來把學校化為人間煉獄嗎？

難道就不能有老師拿獵槍進來把所有同學都殺掉嗎？

難道就不能突然出現個不倒翁來和全校師生玩死亡遊戲嗎？

嘖，看來今天又是無聊的一天。

「藤田永良，老師不是說不准帶遊戲機來教室嗎？」

香田和紗，六年二班的班長，肩前紮著兩條麻花辮，是個長相普通的女生。

「現在又還沒上課，沒差吧？」

藤田永良，坐在我右邊戴眼鏡的同學，是個話題永遠離不開電玩的遊戲宅。

「違禁品本來就不能帶來學校，我要沒收。」

「妳敢沒收妳就死定了！」

永良低聲怒吼，我差點吹口哨。

要吵起來了，他們要吵起來了！

「你不交出來，我就跟老師說。」

「我交出來妳還不是會拿去給老師？我不會再玩了啦，妳這次就饒了我吧。」

「不行。」和紗迅速奪走永良手中的遊戲機，「做錯事要敢做敢當，這台遊戲機我收下了。」

「妳這混蛋！」

永良怒不可扼，狠狠捉起和紗的衣領，和紗嚇得驚聲尖叫，其他同學紛紛趕來將永良拉開。

「永良，你冷靜點啦。」

「對啊，被沒收又不是永遠拿不回來，只要考試考一百分就好了。」

永良將那些同學的手拍開，不滿地說：「這遊戲機是隔壁班的朋友借我的，被沒收的話我會很困擾。」

和紗聽聞，思考一會，便將遊戲機放回永良的桌上。

「今天先放過你，以後記得不要帶違禁品到教室。」

同學們見狀皆鬆一口氣，我則是無奈地嘆了口氣。

火花一下就沒了，唉……真是不成氣候的班級，就不能吵到天翻地覆嗎？

突然間腦袋靈光乍現，當永良坐回自己座位上後，我小聲跟他說：「你不覺得香田和紗很多管閒事？」

「對啊，明明別班的班長都不太管同學帶什麼東西來。」

他僵著臉把遊戲機收進書包。

「她太死腦筋了，要不要教訓她一下？」

「教訓？怎麼教訓？」

「就是找大家一起排擠她。」

永良瞪大雙眼。

「你不是在開玩笑吧？」

「我認真的，她實在太過份了，當上班長就自以為了不起，整天管東管西，漫畫不行帶，卡牌不行玩，在走廊上奔跑也不行，你應該快受不了了吧？」

「嗯……剛才我的確是很生氣啦，可是……」

「可是什麼？你不會退縮了吧？」我拍拍他肩膀說：「喂！你剛才的氣魄去哪裡啦？」

「我只是覺得沒必要做到這種程度。」

「今天你要是不教訓她，有一天就會被她管死！」我越說越激動，「一定要阻止她這種自以為正義的行徑，還給全班同學一個公道！」

「響，你今天好奇怪。」

永良用看陌生人的眼神說。

看樣子，這傢伙也被虛偽的安逸氣氛感染得無可救藥，多說無益。

「算了，我自己來。」

如果想改變世界，自己就得先踏出一步。

於是，我開始暗中捉弄香田和紗，比如把她的鞋子藏起來，上體育課時假裝手滑用球扔她，不然就是趁她人不在教室時撕毀她的筆記本，順便在她抽屜灑飲料，然而，她的反應卻出乎我的意料，本以為她會氣得質問全班同學是誰弄的，實際上卻沒任何動靜，難不成是自尊心作祟？

明明身為班長卻還被人欺負，實在太不像話，因此才鼓不起勇氣叫犯人出來自首嗎？

嘻嘻，有趣！

這無聊透頂的生活，總算有讓人期待明天的興致了！

幾天後，班上有些同學注意到和紗正被人捉弄，便跟著一起捉弄她，不僅在她桌上亂畫，還在她的直笛裡頭放蟑螂，笑死，真不知道是誰想得主意，太厲害了，這不好好讚賞一番可不行啊。

不過快樂的時間總是過得特別快，有天，當和紗與老師一起進教室時，我就知道她總算是去告狀了。

老師乾咳一聲，示意待會的話題嚴肅。

「我就直說了，最近有欺負香田同學的人請自己站出來。」

結果當然沒人站出來，為什麼老師總認為同學會乖乖自首認罪？我們這些小孩又不是笨蛋，別看扁我們好嗎？

「都沒人要站出來嗎？」老師環視全班，「那有沒有人知道是誰做的？」

又一個白痴問題，就算知道是誰做的，誰會跟你說？說出來等於背叛那些同學，下場可是要被霸凌耶。

「老師，我知道。」我身旁的永良指著我說：「是中村響。」

「什麼？」

我心一驚，懷疑自己有沒有聽錯。

不，我沒聽錯！這混蛋的確喊了我的名字，他竟然將我給供出去了！

「原來是中村。」

老師板著臉說。

「不是我！」

「明明就是！」永良倏地站起身來，「老師，之前中村有找我問要不要一起欺負香田，我拒絕了，沒想到他就自己一個人行動了。」

該死！這廢物別擅自亂說話啦！

老師問：「既然你知道了，為何當時不告訴老師？」

「因為中村說如果我把這件事說出去，他就連我也一起欺負。」

「我哪有這樣說！」

我憤怒拍桌，登時，全班肅靜。

只見每個人都瞪著眼珠子朝我看來。

怎麼回事？

為什麼大家都用看罪犯的眼神看我？

明明欺負和紗的人不只我一個，難道他們想把罪都推到我一個人身上？

不可饒恕……不可饒恕啊！

「可惡！」我再次拍桌，起身指向全班怒吼：「香田和紗把全班管得死死的，我可是替大家出了口氣，結果你們竟如此不領情，一群忘恩負義的垃圾，我受夠了！你們想繼續回到以前極權統治的日子就隨便你們吧！」

「中村，看來是有必要和你聊聊了。」

接著，我就被老師帶到導師室。

「中村，老師看你平常很安靜，成績也不錯，怎麼會對香田做這種事呢？」

真想給老師翻白眼。

表面上很乖可不代表內心也很乖，實際上我心中可是藏著一頭野獸，一頭不想被規則、權力與安逸束博的獅子！

「香田，妳有沒有什麼話想跟中村說的？」

「這個……」站在我身旁的和紗扭扭捏捏地說：「對不起，我不知道中村是這樣看我的……」

「不是只有我，是全班。」我壓低嗓音喊：「這幾天欺負妳的人不只我一個，妳自己應該也有感覺到吧？剛好現在跟妳面對面，我就告訴妳，別以為當上班長就是這班級的國王，妳沒有那個權力！妳不配擁有！」

「香田，妳先回去吧。」

「好……」

香田和紗垂頭喪氣離開導師室後，老師便說：「中村，放學後我要去你家做家庭訪問。」

「來啊！我媽半夜才回家，你如果可以等到半夜十二點，算你行。」

「好，我等，你回教室吧。」

步出導師室後，我氣到渾身顫抖。該死，事情怎會演變成我被家庭訪問？

走著走著，看到剛才離開導師室的和紗還在走廊前面，我就跑過去掐她肩膀說：「妳告狀個屁？都被妳害死了啦！」

「好、好痛！」

露出痛苦表情的和紗不停拍打我的手臂，我怕她哭出來，到時又要被罵，只好鬆手。

「臭女人，出事只會討同情，乾脆去死一死算了。」

我在她耳邊低吼，她沒有回應，只是低垂著臉，瀏海蓋過了雙眼。

回到教室，我馬上感到不祥的沉重。

所有人靜望著我，怎樣？現在我成了眾矢之的了？

好啊……誰敢犯我，我就加倍奉還！

我抱著憤怒的心情坐上椅子，不料刺痛急襲而上，我抱著屁股跳起來哇哇叫，全班同學見狀，哄堂大笑。

「你們笑什麼？」

我怒拍桌子，結果桌子竟整張垮了下去，壓到我腳上疼得我哀哀叫。

「不愧是拍桌王，拍個桌子就垮了。」

永良笑開懷，我超生氣，拍他的桌子吼：「是你對我的桌子動手腳？」

「不是他啦。」

一位男同學說。

「不然是誰？」

「不就是你嗎？拍桌王。」

「對啊，拍桌王戰鬥力五百萬，學校的桌子哪經得起？」

語畢，又是一陣瘋笑聲。

「喂！你們夠了。」和紗在教室後門處大喊：「現在是上課時間，你們不要再玩鬧了。」

「是，班長。」

所有同學異口同聲，然後全班肅靜。

搞什麼？明明前不久大家還暗中欺負班長來的，怎現在又都聽她的話了？

我雙拳緊握，緊接著腦海蹦出一個讓我脊髓發寒的想法。

難不成我被算計了？

仔細想想，除了我以外，還有其他認為日子太過安逸而想在班上搞怪的同學也不奇怪，問題是到底是誰？不可能是和紗，這幾天大家對她的欺負都是真槍實彈，除非她有被虐傾向，況且她也不是那種會因日子太過安逸而感到無聊的人。暗中整我的人一定是某個自視甚高的混蛋，可惡！居然利用這次的事件把班上霸凌的風向帶到我頭上，如果那個人被我找到，我一定讓他吃不完兜著走！

放學後，老師要家庭訪問，就開車載我一程，

路上我們什麼話也沒說，只是各自思考各自的事。

到家後，開啟客廳電燈，泡麵、零食、冷凍義大利麵像垃圾般散了一地。實際上這些真的是垃圾，這些垃圾霸占我家客廳已經有五個月的時間。

本以為老師會說「怎麼那麼亂？」之類的話，結果他只問了一句「有垃圾袋

嗎？」，我拿給他，他就默默整理起來。嘖，自以為善心人士？

晚上六點多，天色暗了，我媽還沒回家。

我說過了，她要到半夜十二點才回家，不過我其實忘了補一句，那就是她不一定每天都回家，搞不好今晚就不會回來，不過算了，老師自己堅持要來，我能怎樣？

「中村，老師帶你去吃拉麵吧。」

「我去超商吃熱狗麵包就好了。」

我一點都不屑老師想請客的意思。

「那老師帶你去吃牛排吧。」

「蛤？」

我呆愣的張大嘴巴。

老師那句話並不是開玩笑，二十分鐘後，我和他真的在一家牛排館裡吃著牛排，雖然不是說很高級的餐廳，但我仍覺得這老傢伙其實也挺不賴的，只要別老問些白癡問題跟做些偽善的行為，應該還算得上是不錯的老師。

「中村，你媽媽現在是做什麼工作？」

老師邊切牛排邊問。

「不知道。」

「怎會不知道？她都沒說嗎？」

「是啊，不過沒差，反正有錢就好。」

「那你爸爸呢？」

「掛啦。」

老師面有難色。

說也奇怪，看到他這樣的反應，我莫名覺得自己說了什麼不好的話，於是我換了方式重說一次。

「差不多半年前吧，他下班時發生車禍，聽說很嚴重，引擎蓋都燒起來，然後他就過世了，而警察說現場沒有其他車輛肇事的痕跡，他應該是過於疲勞，才會恍神撞上分隔島。」我邊吃牛排邊說。

「原來如此。」老師低頭，若有所思，隨後抬頭，「班上有其他同學知道這件事嗎？」

「沒。」

「你沒跟朋友說？」

「我沒有朋友。」

老師聽聞，又陷入沉默。是覺得我很可憐嗎？拜託，省省你多餘的同情心吧，老子可是個人主義者，一點都不嚮往團體生活，朋友什麼的，只不過是思想的枷鎖罷了，只要有朋友，就得順著朋友的意思說話做事，這樣根本一點都不有趣。

「中村，老師跟你說實話，今天帶你來這裡，就是想了解你為何會欺負香田同學。」

「別提這件事了啦，我不會再欺負她了。」我有口無心地說。

等我找出今天惡整我的幕後黑手後，我一定會再去找和紗玩玩。

「這不是欺負不欺負的問題，中村，你要知道香田是全班選出來的班長，她並不是自願的，所以並不存在你口中所謂的極權統治，她只不過是履行她的職責而已。」

「隨便啦。」

「中村，你如果心情不好可以找老師聊聊，不可以用這種手段宣洩你的不滿。」

「我又不是心情不好才欺負她！」

我拍桌子吼。

「你看你，脾氣那麼差，說個兩句就生氣了，不過我能諒解，你現在的日子很不好過，所以你正在尋找某種手段讓自己好過點。」

「聽不懂你在說什麼，我吃飽了。」

受不了老師瘋言瘋語的我跳下椅子，往門口走去。

回家路上，老師不發一語，我也只是靜望窗外流逝的街景，想著老師剛說的事。

我欺負和紗真的不是因心情不好，老爸死了就死了，這無聊的世界又沒有什麼魔法可以讓他復活。沒錯，就是因為這世界無聊又乏味，我才會想在班上幹點什麼事來，而和紗的反應讓我很滿意，至少在今天前，她被欺負時從不作聲，這讓我覺得很有控制感，如果她沒告狀，我應該就是一路欺負她到畢業了。

回到家後，開啟客廳電燈，沒半個垃圾，全都被老師清乾淨了。

我寫著參考書的考題，老師則是改考卷，寫著寫著，很快就到了深夜十二點。

我媽果然沒有回家，老師看時間太晚，就說：「改天再來找你母親吧，如果她回來了，記得幫老師問她休假時間，到時再來通知我。」

「好啦。」

「還有中村，沒想到你還會寫參考書自修，這點很棒喔。」

「哼！我才不想和班上那些人一樣整天混吃等死，我要考上私立名校，然後變成每天生活多采多姿的大人！」

「不錯的想法，但你不應該這樣看待自己的同學，這是不對的。」

又在念了，煩！

在經過今天那件事後，我還能不仇視那些人嗎？

隔天進教室，果真跟我想的一樣，我的桌上被粉筆寫了一堆髒話，椅子上還被倒滿膠水，我什麼話也沒說，直接拿起椅子砸向一旁笑開懷的永良，當場讓他頭破血流。

「中村響你幹什麼？」

「剛來學校就欺負人，不要臉！」

「我們班怎麼會有那麼暴力的傢伙?好可怕喔。」

「這種暴力狂應該把他退學啦!」

班上同學一個接一個對我謾罵,我受不了,將眼前同學的桌子踹倒。

「從今天起,誰再整我、罵我,我就讓他後悔一輩子跟我唱反調!」

「喂!你這惡人不把全班搞垮不甘心是吧?」

體格健壯的井上武一說道。他坐在最後一排,雙手環胸狠瞪著我。

「什麼把全班搞垮?都你們在講,我根本就沒想要這樣!」

「你看看全班!現在有誰不怕你?又有誰不生你的氣?中村響,你已經是全民公敵了,拜託你安分守己點好不好?」

聽他嘰哩呱拉說些屁話,我直覺他就是操縱全班欺負我的幕後黑手!

「去你的!」

我躍上桌子,快步朝他奔去,運動神經好的他也立刻躍上桌面,霎時我們兩拳相交,互相揍對方的臉,拳頭的作用力很快將我們給分隔開來。

他彈飛到牆上,我則是往走道摔去,劇痛從背部襲來,但怒火讓我無視疼痛立地起身，井上武一也已貼牆站起，並用手擦拭嘴角的血。

「中村，我看你是活得不耐煩了！」

「夠了！別再打了！」

香田和紗介入我們兩人之間，不過她那嬌弱的身軀根本擋不下男子漢的怒氣。

「和紗，讓開。」井上武一額冒青筋，「今天我一定要教訓那小子一頓。」

「別這樣啦，拜託，我知道中村做了不好的事，可是井上現在也一樣，算我求你了，停手吧。」

「……好吧，既然班長都這樣說了，那我就不打了。」井上武一收起臉上的怒火，坐回自己座位後，對我冷笑，「你真是好運，中村，多虧善良的班長，你今天不用被我打得滿地找牙了。」

「別再挑釁啦。」

和紗慌張勸說，我輕輕戳戳她的背，等她轉身過來後，我就一巴掌給她摑下去。

「礙事，噁心的女人。」

「中村！」

武一暴怒到眼珠佈滿血絲，接著他像隻大金剛一口氣將整張書桌舉起，意圖砸碎我的腦袋。

「喂！你們在幹什麼？」

老師吼聲傳來，火爆的氛圍倏地降至冰點，完全凍結，班上沒一個人敢再發出一丁點兒聲音。

再來，我、和紗、武一和被我用椅子砸傷的永良都被叫到導師室。

「藤田，你是做了什麼事讓中村那麼生氣？」

額頭貼著紗布的藤田永良說：「我什麼事都沒做。」

「明明就有！」我說：「你在我椅子上倒膠水。」

「那又不是我做的。」

「那你那時候是在笑什麼？」

「夠了中村，我沒問你，你別開口。」老師將視線轉向井上武一，「井上，你又為什麼和中村打架？」

「我看不慣他在班上胡鬧，才想替同學出口氣。」

武一胡說八道。

老師將視線轉向香田和紗問：「香田，妳有看到整起事件經過嗎？」

和紗點頭不語，老師又問：「那可以請妳把事情從頭到尾說一次嗎？」

「好的……」

她完整地把事發經過述說一次，老師聽完，便說：「我會調查是誰在中村的椅子上倒膠水，你們先回教室，中村留下。」

等藤田、井上跟香田都離開後，老師雙手環胸說：「中村，你讓我很為難，他們的家長很可能會來學校申訴，我需要立刻聯絡你的母親。」

「我不知道她的電話。」

「入學時不是有填過嗎？」老師拿起學生資料簿翻閱，當翻到我個人資料那一頁時，他才發現我聯絡人只有填父親，問題是我父親早就死了，現在他的電話留在那純粹只是佔空間。

老師開口卻欲言又止，想必我讓他很傷腦筋。

「算了，這件事就先這樣，中村，記得問你母親休假的時間，我要跟她好好聊聊。」

「好啦。」我不耐煩說。

之後，老師又在教室搞自首認罪那套問誰在我椅子上倒膠水，結果理所當然沒人站出來，也沒人被指認，這群廢物根本早就串通好要玩死我。

我很生氣，氣到雙眼都快噴出火焰，不過我仍硬是把怒火吞回心理，畢竟現在已經知道是井上武一在搞鬼，只要想辦法找到他的弱點拿下他，那就可以破解班上這假正義的團結氛圍。

◈

「別急著回家嘛，響。」

放學時，一群男同學在樓梯口處堵我，不用想也知道他們要搞魔女審判，我立地旋踵，武一卻擋在我面前不讓我走。

「中村，我們去頂樓把今天沒談完的事談完吧。」

武一微笑，笑容滿懷惡意。

於是，我將頭往後仰，然後重重向前撞，撞到他一口牙齒全都是血。

「嗚哇！」

武一搗嘴哀嚎，永良就往我肚子灌了一拳，霎時眼冒金星，我兩腳無力跪在地上，接著就被他們硬生生拖上校舍屋頂。

「居然敢這樣弄我，還連續兩次，真的是很行呢，中村。」武一用手背擦拭滿口是血的嘴說：「告訴你，我不會叫家長來，我沒在搞那套的，我這個人比較喜歡靠自己的力量解決討厭的事物。」

「哈？說什麼喜歡靠自己的力量？真是睜眼說瞎話。」

我往左右兩旁架著我手臂的同學瞪去。

「放開他。」

武一冷聲說道。

「咦？可是……」

「我說放開他，沒聽到嗎？」

架著我的同學被他吼得膽顫心驚，便是放開我的手臂。

「總算知道自己只是個靠人多勢眾的小孬孬了？」

我扭扭手臂，伸展筋骨。

「繼續嗆啊，沒關係。」武一捲起袖口說：「待會打爛你的嘴，看你怎麼嗆。」

「武一，快教訓他！讓他閉嘴！」

一旁的男同學們開始鼓譟，並圍成一圈將我們兩人團團圍住。

「在此之前，我想先問你，為什麼選我？」我問。

「什麼選你？」

「別再裝了，把全班欺負人的風氣引到我身上的就是你對吧？和紗去告狀也是來自於你的建議。」

「被你看穿了呢……」武一露出微笑，「我要讓你嚐嚐被欺負的滋味，以牙還牙，以眼還眼！」

「哼，我看你只是想在和紗面前逞英雄吧？」

「你這小子在說什麼？」

見他一臉暴怒，我就知道我說中了。

「唉喲！你喜歡她喔？好好笑，不害羞嗎？」

「操！去死啦！」

武一握拳襲來，不過我不怎麼緊張，他雖然體格壯大，但相對之下速度頗慢，我只要在他揍到我前找到完美的迴避角度，然後再攻他滿是破綻的側身就行了。

結實的拳頭從我眼前掃過，我向左傾身，壓低身子朝他側身衝去，再來一個刺拳，他的側腰立即凹陷進去。

我再給他一個上勾拳，他整個人往後摔得四腳朝天。

「爛死了，怪不得不敢自己來，只能找一堆人來欺負我。」

我踩著他的喉頭，使倒在地上的他掙扎的像蟑螂一樣，隨後他落魄的哭吼：「你們這些人幹什麼？還不快扁他？」

其他人聽聞，像殭屍般一同朝我奔來。

這下糟了，一對一打架我有自信，可是再怎麼厲害也不可能一次打十個，所以我很快被打趴在地舔水泥了。

「畜生！廢物！」

「去死啦！暴力狂！」

同學們不停踹我罵我，還有人把我書包內的課本都傾倒在我身上。

「喂！我想到一個好主意了。」

「什麼主意？」

「我們在他屁股上畫鬼臉，然後拍起來給全班同學看。」

「好啊！」

同學們異口同聲。

媽的！垃圾班級只有在幹垃圾事的時候最團結了。

他們開始脫我褲子，我奮力掙扎，還踹爛一個同學的眼鏡，但很快我就因鼻頭被踢到而痛昏過去。

模糊之中，他們將我褲子脫下，拿麥克筆在我屁股上亂畫一通，說真的，當冰冷的觸感從屁股上傳來，當下我真的好想把整間學校都炸到天上去。

更過分的是，他們畫完後，還把麥克筆插到我肛門裡，讓我痛得跟哀哀叫。

「哈哈！超蠢的啦！」

「蠢爆了，哈！」

拍照聲在耳邊響起，我只能悲憤地猛流淚水。

「這就是跟我槓上的下場。」

武一說完，不忘對我吐口水。

「你們在幹什麼？」

是和紗的聲音。

武一問：「妳怎麼上來了？」

和紗反問：「這就是你說的替全班出氣？」

「對啊，這樣他就不會亂搞，也不會再欺負妳了。」

「我……我當初真不該相信你，說什麼把事情交給你就好了，結果你反而比中村還惡劣！」

和紗說完，將武一推開，接著走到我身前說：「中村，我們去保健室吧。」

看她向我伸出手來，我整個人氣到快中風。

明明之前還被我欺負的慘兮兮，現在卻擺出一副拯救者的高姿態，我真是被她給氣瘋了。

「滾！」我拍掉她的手，怒視其他同學說：「你們所有人全都死定了！」

「中村，別再鬧啦，很難看耶。」

武一掐著我的肩膀，於是我就把剛插在我肛門中那支麥克筆放到他嘴裡，當下讓他吐的跟胃癌末期的老人一樣，接著，我穿起褲子奔離了校舍屋頂。

離開學校後，我在人行道上邊跑邊哭。

可惡！那幫傢伙居然這樣整我，我發誓，我絕對會讓他們付出慘痛的代價！

就在我這麼想時，不曉得撞到什麼，我摔了個跤，睜開眼睛後，才發現眼前站了個男人。

男人身穿黃色法袍，帶著官帽，很像古裝劇常見的術士。在平日中，他這樣的打扮看起來或許有些怪異，不過憤怒並沒有讓我把這事放在心上。

「恨嗎？」他說。

我大吃一驚，竟能一口道破我內心想法，這男人絕非泛泛之輩。

「我恨！」

「是嗎？」他從袖口中拿出一根竹管說：「來，給你。」

「這是什麼？」

「你打開來看。」

我將竹管上的蓋子打開，有著倒三角型臉蛋的毛小孩蹦了出來。乍看之下，以為是隻倉鼠，不過牠鼻頭尖長，雙耳也細細長長，仔細瞧後才發覺是隻狐狸，不曉得是什麼品種，居然小的跟倉鼠一樣。

此時，詭異的事發生了！牠脖子越伸越長，像蛇一樣纏繞我的手臂，我立刻驚覺這東西不是生物。

「這是什麼鬼？」

「這是管狐，是使魔的一種，你能看見牠表示你有這方面的天分，這隻就送給你養了。」

「送給我養？我不會養啊。」

「只要將牠帶在身上，牠就會自行吸收你的靈氣，別擔心，管狐吸收的靈氣量不足以讓主人有生命危險。」

聽到生命危險這四個字，我就對他起了疑心。

「抱歉，我不認識你，實在很難相信你說的話，你送我管狐到底有什麼目的？」

「沒什麼目的，我只不過是一時興起，你不信我，可以把牠還我，只是這樣的話，你就算是放棄一個讓自己生活變美好的機會。」

他的口氣讓我想到推銷員，不過管狐神奇的姿態的確有引起我的興趣，而且我也不需要付費，於是我再次向他確認，「我養牠真不會有生命危險？」

「不會，管狐不會害主人的。」

「那養管狐能做什麼？」

「管狐能做的事可多了，每一隻管狐都有不同的能力，我送你的那隻名叫小鳩，牠的能力是情緒感染。」男人指向前方在公車站牌下等車的老婦說：「你緊盯她，然後在心中想像一種情緒，假設是憤怒好了，小鳩就會將你的怒氣傳給她，快，試試看吧。」

我聽他的話，將視線放到那位老婦身上，同時在心中醞釀盛怒的烈火，旋即，纏在我手上的小鳩騰空往老婦那飄去。

當小鳩穿入老婦的身子後，神奇的事發生了。

本來面貌和祥的她，突然變得像小混混一樣開始暴力毆打身旁的上班族，在一秒連續三拳的強烈攻勢下，那位上班族很快便是滿臉瘀青。

「哇！這真是太炫了！」

我欣喜若狂。

只見上班族凹陷的臉血淚交織，嘴裡還不斷冒出血色的泡泡。

「就跟你說吧。」男人嘴角勾起，「只要你能掌控自己的七情六慾，那就能利用管狐的附身術完美操縱他人。」

「所以，如果我想讓某個人哭泣，我只要想像傷心的情緒，讓小鳩附身對方，對方就會哭得跟被摔在牆上的小嬰兒一樣？」

「對。」他忽然小小聲地說：「假如你喜歡某個女生，也可以利用小鳩來讓她對你獻媚喔，至於要想像什麼情緒你應該懂吧？」

「我、我才不懂啦！」

「好啦，不開你玩笑了。」男子轉身，背對著我說：「情緒的影響力是很強的，你就盡情使役牠為自己創造美好的未來吧。」

「喂！等等！」

我對他還有很多疑問，不過一陣五級強風迫使我遮起雙眼，等到我放下手臂，男人早就不見蹤影。

雖不曉得他是何方神聖，但小鳩的力量千真萬確一點不假，我想我就把這場相遇當作成是神賞賜給我的機遇吧。

◈　◈

隔天，我才剛步入教室，武一馬上擋在我面前說：「昨天竟敢讓我丟臉，別以為你今天還能夠安然上課。」

「井上同學，你別這樣。」

和紗出來勸阻，武一便說：「和紗，妳就是這樣才會被這種敗類吃得死死的。」

「你說誰是敗類？勸你嘴巴放乾淨點。」

我冷聲說道，而本來還想多說幾句，不過想到昨天他嘴巴才被我放了沾有我大便的麥克筆，就不跟他計較了。結果武一仍想跟我起爭執，我沒辦法，只好悄悄打開竹管的蓋子，隨即，小鳩透入他的身體，被注入憤怒情緒的他，額頭馬上爆出青筋。

「哇啊啊啊！」

他抓狂大叫，不但將一旁同學的桌子給踹倒，還把同學的書包扔出窗外，大家見到此狀，不是尖叫就是四處逃竄。

「果然沒錯。」

我冷笑。

照理來說，被注入憤怒情緒的他應該會攻擊我和其他同學才對，但我剛才對他注入的憤怒其實僅限於無生命物品，所以他只會像個瘋子把看到的無生命體都砸爛。

這跟我昨晚推測的一樣，小鳩注入目標的情緒不是只有單純的喜怒哀樂，例如悲傷，我可以將其延伸成只有看到蝴蝶才會覺得悲傷，快樂也能延伸成只有看到鬼才會覺得快樂，只要這樣限定情緒誘發的條件，那就能夠讓目標照自己的意思行動。

「武一！快住手！」

隨著老師的吼音傳來，我也搖起竹管將小鳩收回，讓武一恢復成原來的狀態。

「怎麼回事？」武一臉色慘白看著周圍，此刻他身旁全都是摔得稀巴爛的木椅與課桌一片狼籍。

「井上武一，現在給我過來導師室！」

「老師你聽我說，這不是我用的，是我身體自己動起來……」

「胡說八道！給我過來就對了！」

武一就這樣被怒髮衝冠的老師給帶出教室。

不行……肚子好痛，這場面真是太好笑了，不過不能笑，不然會被同學給懷疑，雖然他們也不能懷疑我什麼……對了，就把這份情緒丟給和紗吧。

「哇哈哈哈哈哈！哈哈哈哈哈！」

被附身的和紗捧肚大笑，其他人見狀，均露出驚愕神情。

「和紗……妳沒事吧？」

女同學惶恐地問，但和紗仍自顧自笑著，她已經神智不清，腦袋秀逗。

我搖了搖竹管，和紗馬上恢復正常。

她見大家都用奇怪的眼神看著她，羞愧的眼淚就掉了下來。

「不、不是這樣的，我……嗚嗚……」

肚子又是一陣疼，我快笑死了。

平時嚴肅拘謹的班長莫名又笑又哭，從今以後肯定被當成怪人。

此時我樂得一身輕，只要我手上有小鳩，誰都沒有辦法搞我，我可以盡情在班上做我想要做的事，當然包括繼續欺負香田和紗……嘻嘻。

「你笑什麼？」

轉頭過去，原來是永良。

「我笑什麼關你屁事？對了，傷口有好一點了嗎？」

我戳戳他頭上的繃帶，他便生氣地拍掉我的手。

「我知道是你搞的鬼！武一才不會無緣無故亂摔東西。」

「你有證據嗎？沒證據別隨便亂指控別人。」

「我都看到了，你那時候打開一直藏在背後的竹管，然後武一就發瘋了，和紗也一樣，是你用那根竹管搞的鬼！」

嘖！居然一下就被這傢伙發現了，本來還想繼續惡搞和紗，算了，先整永良吧，我要把他整到被全班霸凌，讓他不敢再說我什麼，這也算是報上次被他舉發的一箭之仇。

「永良，你那時候如果跟我一起欺負和紗，那現在也不會變得那麼慘了。」

「你什麼意思？是在威脅我？」

見永良生氣的疑惑，我就替他感到同情。

這可憐的傢伙還不知道，他待會就要被我灌入滿滿的情慾，等他回過神來，肯定變成女性公敵，然後被學校退學處分，接著因無法承受巨大挫折，從此之後過著足不出戶的廢物人生。

「再見了，永良。」

我在他面前打開了竹管。

一秒過去了，小鳩沒有跑出來。

五秒過去了，小鳩還是沒有出來。

什麼事都沒發生，永良露出壞笑。

「你那小道具是壞了不成？」

「可惡！」

我看向竹管裡，裡頭空無一物沒有東西。

牠居然不見了！

怎麼回事？難道還在和紗體內嗎？可是我剛明明有收回來……等等，我雖然有搖竹管沒錯，不過並沒有看到牠飄回來……

牠現在仍在和紗身上！

「哇啊！」

是同學的尖叫聲。

抬頭一看，就見香田和紗一臉猙獰抓著一位女同學的頭往書桌猛撞，撞擊聲「砰、砰、砰」的非常大聲，那位女同學鼻頭坍塌，滿臉都是血，非常可怕。眼看桌子快被撞成兩半，幾名男生趕緊將和紗架開，和紗就用指甲抓花一個男生的臉，然後再重踢另一位男生的下體，當場讓他們疼得在地上打滾。

「響，又是你搞的鬼！」永良緊抓我的手臂說：「快停下這場鬧劇！」

「別吵，我在做了！」

我不斷搖著竹管，但小鳩仍不聽使喚地利用和紗的身體在班上胡鬧。

「該死！」我焦躁地罵了一聲。

如果一直收不回來，不就等於我失去操縱他人的能力了嗎？我可不想再變回過去那無力的自己！

於是我跑到和紗面前，用竹管重敲和紗的頭，雖不曉得這樣有沒有用，不過我就是想打她，結果她被我敲了頭後真的安靜下來了。

我嚥了口沫，其他搞不清楚狀況的同學則嚇到全身僵直。

我看她頭低垂著，動也不動，不曉得是不是成功了，可我並沒有看到管狐飄回來……還是已經飄回來了？

我看向竹管內部，裡頭依舊沒半個狐影。

悚然，和紗抬起頭來，用散發詭異紅光的雙眼望著我說：「這女孩體質好，我就收下啦。」

「是你！」我一下認出那是小鳩說的話，大吼：「你這傢伙快給我滾回來！」

「沒用的，你沒有使役咒是沒辦法命令我的。」

和紗露齒淫笑。

「什麼使役咒?嗚……」

我的喉頭被她揍了一拳，疼痛所反射出的噁心感讓我跪在地上乾嘔好幾聲。

「在找到下個體質好的人前，我要繼續用這女孩的身子任意妄為!」

和紗說完，雙眼翻白，嘴角流出唾液，四肢關節不協調扭動，看起來非常怪異，若校外人士看到，肯定會以為這裡在拍大法師第九集。

「香田!怎麼連妳也再胡鬧?」

老師進門怒問。

「怎樣?我想胡鬧不行?」

語落，和紗往老師奔去，跳起來用膝蓋撞擊他的顏面，把他給撞出教室外，旋即尖叫四起，有的女同學還哭了出來。

老師躺倒在走廊上，和紗直接從他身上踏過，發著瘋笑聲跑走了。

「響……」永良一臉慘白地說：「你看看你，居然把我們班搞成這副德性……」

聽他這麼一講，我心生恐懼。

環視教室，沒一個同學不發抖也不慘叫，照理說我應該要為此感到開心，但沒有，相反的，我感到很不舒服。

我呼吸急促，胸口繃的好緊……

可惡！現在這種學級崩壞的狀況不正我一直想要的嗎？為什麼我卻感到如此愧疚？這份莫名難受的罪惡感到底怎麼回事？

接著，我意識到了，其實我根本就不希望世界崩壞，我……只是單純希望這世界能像童話一樣充滿驚奇。自從父親去世，我的生命就陷入一片灰暗，雖曾祈禱時間回溯，但這世界並沒有因我的悲傷而發生奇蹟，於是我絕望了，無法改變世界的無力感壓垮了我。這半年來，已經不曉得度過幾次流淚到天亮的夜晚。在母親因工作而晚歸後，我更加感到孤獨，負面情緒的堆疊使得身心極度疲倦。

我累了，也對這個世界厭倦了。欺負和紗，並把班上搞得天翻地覆，就是我對抗這世界的最後方式。我認為，若能夠將人玩弄於股掌之間，那就能忘卻失去父親的無助感，畢竟我無法主宰我的人生，但要是能主宰他人，至少能逃避自己很弱小這項事實，只可惜，現實是殘酷的。

就算我得到管狐這種不可思議的力量，不過事情仍沒有在我的掌控之中，我依舊是原來那位無法駕馭人生的自己。

意識到這點後，淚水奪眶而出，不過我很快就擦去眼淚，因為現在不是哭的時候！

我奔出教室，再來不顧主任與警衛的勸阻奔出校門口。

要找到他，必須要找到那名男人，否則和紗一定凶多吉少。

很快，我跑到昨天遇到男人的地方，雖不曉得他人到底是否還在這附近，不過也只能賭一把了。

「喂！我是昨天你送我管狐的小學生，我不知道你的名字，但拜託你快出來！」

「送我管狐的大叔，求求你！現在情況危急，快給我出來啦！」

「穿著奇怪衣服的大叔，快出來啦！算我求你了！」

我吶喊，不停的喊，雖引起路人奇異的眼光，不過我還是拼盡全身力氣吶喊，喊到後來喉嚨都啞了，我依舊不放棄。

霎時，十二級狂風襲來，強而有力的風壓將我吹倒在地，下一次睜眼，便見那位身穿術士袍的男人。

「小鬼，我才二十九歲，別叫我大叔！」

「大叔！」我痛哭流涕吶喊，他真的應我的呼應現身了！

「求求你幫幫我！小鳩牠失控了！」

「失控？怎麼會？」

我把今早發生的事跟他說一次，他便摸著後腦勺說：「抱歉，忘記教你使役咒了，如果在沒有使役咒的情況下將管狐放出去，牠就會附在靈力高強的人身上。」

「原來和紗也具有高強靈力……那現在該怎麼辦？」

「別慌，看我的。」男人從袖口拿出一支顏色較黃的竹管。

「又是管狐？」

「放心，我有使役咒，牠會乖乖服從我的。」

男人說完，將竹管打開，並輕誦類似佛經經文的咒語，接著，一隻渾身散發紅色光芒的管狐從中竄出。這隻管狐的體型較大，面貌較兇，上下顎的牙齒銳利的像鱷魚，一副就是很不好惹的樣子。

「這隻名叫小雷，能力是追蹤同類，祂會幫我們找到小鳩。」
小雷蛇行飄至上空，再來以飛快的速度朝南方飛去。
「在那邊，走吧！」
我和男人追著在天空飄游的小雷，一路從學校前的街道追到市區的商店街。
一到達商店街，馬上聽到一陣怒罵。
「妳這死小孩到底是從哪冒出來的？」
往吼聲的方向望去，見和紗在雜貨店的架上胡亂啃著鹹魚乾，狼吞虎嚥的樣貌像極餓壞的野貓，隨即，老闆娘持掃帚將其驅逐，和紗迅速跳到另一攤店鋪的架上，該店鋪的人員紛紛持掃把、鐵棍與巴拉刈出來。
「死小孩，快滾出去！」又是一陣怒吼。
放眼望去，整條商店街的街上都是食物殘渣、翻倒的桌子與碎裂的招牌，像是剛被颱風掃過，一片混亂，不用說也知道，這些全都是被附身的和香做的。
「小鳩！」男人大吼，「你別再胡鬧了！」
和紗一見男人，嚇得嘴巴鬆開，魚乾掉出來。

「你這不乖的毛小孩給我回來！」
「我、我才不要！」
和紗以敏捷又詭異的身姿後翻到商店街的路燈上企圖逃逸，男人旋即往空中擺個手勢，飄盪在空中的小雷便急降而下，直接穿透和紗的身子，把小鳩給咬出來！
小鳩細長的身子在小雷的血盆大口中不停掙扎，男人向我伸出手說：「把小鳩的竹管給我。」
「好。」
我把小鳩的竹管交給男人，男人念咒，小鳩就「咻——」地被吸進竹管裡了。
「這下，一切都結束了。」男人沉著嗓音。
「還沒結束啦！和紗正被人罵耶！」我指著前方被眾人圍爐的和紗叫道，看和紗一臉不知所措的樣子，就覺得她好可憐。
「那就這樣吧。」男人拿出另一支深綠色的竹管，霎時散發綠色光芒的管狐從中竄出，牠渾身無毛，體態像條青蛇。
「牠是小貞，能夠啃食他人的記憶，只要讓牠穿過那些人的身子，那些人就會忘記和紗先前做的事，和紗也會把這一切都給忘了。」

男人解釋完，小貞高速穿透了商店街人們的身子，他們被穿透後，立即如老人癡呆般面露呆滯。

「咦？怎麼回事？」

「我怎麼會在這裡？」

「怪了，街上怎那麼亂，到底發生什麼事了？」

疑惑聲不斷傳出，我奔入人群中，將喪失記憶的和紗給拉出來。

「呼！這下就沒事了。」我擦額頭的汗水。

「中村！」和紗一臉吃驚地望著我，「剛才我們不是還在教室嗎？奇怪……總覺得記憶好像連不起來。」

「這解釋起來很複雜，我們先回學校吧。」

帶著和紗回學校後，才剛踏入校舍，便聽到導師室裡傳來大人們的爭執聲，我、和紗與男人像貓一樣悄悄走入導師室，然後就看到班導被一群大人團團圍住。

「你說我女兒發瘋了？怎麼可能！」一位婦人面紅耳赤。

「西原老師，你最好給我解釋清楚喔！」教務主任插著腰斥喝。
「是真的，和紗她真的中邪了！」班導哭喊。
原來他們在為剛才在班上發生的事情吵架。見班導用手帕揉著被小鳩弄傷的鼻頭，我不禁感到有些心疼。
「居然說自己的學生中邪？你這老師到底怎麼當的？」
「媽媽！」跟在我身旁的和紗忽然大叫，婦人望了過來，原先氣急敗壞的情緒馬上轉為狂喜。
「和紗！妳剛剛到底怎麼了？為什麼妳老師會說妳襲擊他呢？而且還亂打其他同學。」
「咦？有這回事？我怎麼都沒印象……」
班導一看到我，問：「中村，你剛去哪了？」
「呃……這個……」我趕緊轉頭跟男人說：「完蛋了，這些人的記憶也要刪除才行，不然一定會打破沙鍋問到底。」
「沒問題。」

男人放出小貞，將老師、主任與家長的記憶都消除，然後男人再放出小鳩，對大家注入不會對事情太計較的情緒，這樣，他們就不會對這莫名的失憶疑惑了。

事情到此，這場由我引起的風波總算是正式宣告結束。

傍晚，男人要離校前，拿出一本咒術本說：「抱歉，當初沒教你使役咒，我現在就教你。」

我向他搖頭說：「謝謝你，不過不用了，我沒有繼續使役管狐的打算。」

「為什麼？你不是一直想改變世界嗎？這些管狐可以幫你一把啊。」

「經過今天的事，我總算看清了自己，也了解自己真正的想法。」我對男人微笑，「我沒資格擁有這些管狐，你還是把祂們交給更適合的人吧。」

「了解。」男人收起咒術本，隨後轉身，背對我說：「那麼有緣再見，少年。」

「等等，如果你遇到新的主人，別忘了教牠使役咒。」

「我會記住的。」

男人勾起嘴角，再來狂風襲來，強度為二十級，瞬間把校舍走廊窗戶轟成碎片，我倒在地上看著地上的玻璃笑道：「哈哈！每次登場離去都要搞那麼誇張。」

之後，班上恢復到以往的安定和平，同學們不是聊著把學校窗戶震破的怪風，就是在討論前幾天老婦抓狂毆打上班族的事件。我看著大家輕鬆閒聊的表情，心中便是一陣踏實。

這樣就好。

我莞爾默想。

人為何時常幻想世界被毀滅，不外乎就是現實不美好，所以才會想要藉由毀滅世界的幻想來逃避現實，但說實話，當災難真正降臨後，人很快就會後悔當初的想法，甚至恨不得趕緊回到以前的日子，這就是人的本性，人一定要嚐到痛苦才會知道自己原本有多幸福。

在父親去世後，我了解到在日常生活中與我們有所交集的人是會在某天突然消失的，對此我應更加珍惜人與人之間的來往，而不是整天幻想全班同學死光光。

沒錯……不能再像以前那樣消極下去了，所以請好好振作，勇敢面對自己的錯誤吧！

「那個……和紗，對不起。」我在和紗的座位旁說：「先前捉弄妳是我不對，我現在真心以這件事為恥，妳如果對我有什麼不滿，還是想打我都沒關係，我不會介意的，畢竟有錯在先的是我……」

和紗聽聞，眼睛睜得斗大，似乎是對我的道歉感到驚訝。

「很高興能聽到你這麼說。」和紗瞇眼微笑：「沒事的，響，我原諒你。」

「咦？妳什麼事都不做就直接原諒我……這樣好嗎？我可是把你弄得很慘耶。」我愧疚地說。

「對啊！」武一站起身來，「這傢伙對妳做的事可不是一句道歉就能解決的！」

「那麼你說我該怎麼辦？」和紗問向武一：「難道要像你一樣找大家欺負響嗎？」

「這個……」武一張口結舌。

「以牙還牙這種想法只會造成仇恨的輪迴，唯有寬恕才能斷開憎恨的枷鎖。」

「和紗……」武一緊握雙拳，渾身發抖，「我幫妳做那麼多事，結果妳不跟我道謝就算了，還給我自以為是的說起教來，看來……只好這樣了……」

話一說完，他便從書包裡拿出一根竹管……

❖管狐解說

管狐，日本神道教傳承的一種憑依物，就像是使魔一樣的存在。從長野縣開始流行到日本中部後，漸漸延伸至東海、東北地方及關東地區南部；就如同管狐名字所形容般，藏在竹筒或是管子中，也有形容像是在魔術箱大小般的箱子中藏著七十五隻動物，各種各樣的說法流傳著。

管狐還有一個別名為《飯綱》，東北與中部地方的靈能者或是信州地區都稱為《飯綱使者》，能夠通靈並占卜，還能讓人被狐狸附身導致瘋狂和病痛；被管狐附身的人或家庭也會招來厄運，並聽從管狐使者的命令做出各種事情。

傳說飼養管狐的家庭會漸漸富裕，等到管狐養到七十五隻時會被反噬，導致家運衰敗。

死鈴阿嬤

放學鐘聲一響，教室內本是死氣沉沉的學生們各個眼神一亮，為之雀躍，講台上的女老師見狀，無奈地說：「唉……你們這些小鬼就這時候最有精神了。」

「還不是老師上課要我們寫一堆筆記，我的手都快痠死啦！」短髮的男同學甩著手抱怨。

「喔？既然中島同學嫌上課寫筆記太累，那以後就改成回家抄五遍課文如何？」女老師皮笑肉不笑。

「不要啦！」中島臉色發白，雙手合十向老師低頭，「對不起，我剛只是開玩笑，拜託老師別這樣。」

女老師手插腰道：「那就別再跟我抱怨。跟回家作業比起來，上課寫筆記輕鬆多了。」

中島同學戰戰兢兢點頭，其他同學則是哈哈大笑。

「對了。」女老師環視全班同學說：「雖然今天主任在集會時已經說過了，不過我還是要再次提醒各位，放學後一定要和同學結伴回家，別獨自一人在外逗留。」

「是！老師。」所有同學異口同聲。

出校門後，五月與杏子在人行道上走著，她們是從小就認識彼此的鄰居，所以回家的方向是一樣的。

「剛剛中島的表情真的超經典的。」杏子邊走邊捧腹大笑，及腰的長髮跟著身子抖動，「他每次跟老師頂嘴，都被反擊到差點哭出來，哈哈！我們班怎麼會有那麼搞笑的傢伙？」

此時，五月停下腳步。

「……杏子，今天妳可以先回家嗎？」

「咦？怎麼了？」

五月用手指捲著左側的馬尾辮說：「我……好像有東西忘在教室了。」

「那我陪妳回去拿吧。」

五月慌張揮著雙手，「不用啦，妳先回家吧。」

「不行！老師不是說放學後一定要結伴嗎？這附近可是有怪人出沒。」

「什麼怪人？」

「就死鈴阿嬤啊！」杏子嘟起嘴說：「真是的，主任和老師都講好幾次了，妳怎麼還記不住？」
「沒有啦，只是我覺得那應該是假的吧。」
「可是這附近真的有小孩失蹤耶。」
「我知道，我是說死鈴阿嬤。」
杏子疑惑地歪著頭問：「為什麼五月覺得死鈴阿嬤是假的？」
「因為老師不是說那個阿嬤會用手搖鈴誘拐小孩嗎？」
「對啊，只要她搖起手搖鈴，不管妳怎麼想逃，妳的腳還是會自動跟著她走喔。」
「就是這點，什麼聽到鈴聲會被控制，又不是彩衣吹笛人，那一定只是校方不想要我們在外逗留太晚嚇唬我們的。」
「就算是嚇我們的，有小孩失蹤是事實，我還是陪妳回學校吧。」
「唉喲！」五月終於忍不住氣，對杏子大吼：「就說不用了妳聽不懂嗎？妳快點回家就是了啦！」
杏子被五月這麼一吼嚇了一跳，而後才點點頭，「我知道了，但記得拿完東西就要趕快回家喔。」

「嗯，再見。」

五月簡單向杏子道別，立刻往反方向奔跑。

在人行道上急奔的五月默想，作為一個朋友，杏子的確很棒，從不吝嗇分享自己的東西，五月課業上不懂的地方，杏子也都很有耐心地把她教到會，五月真的很喜歡杏子，但一想到她剛才嘲笑中島同學的樣貌，五月就又感到很不舒服。

如果被杏子知道自己不是要回教室拿東西，而是要趕在中島同學生日前一天去買他的生日禮物，肯定會被杏子笑死。

真是的！即使中島同學外貌傻裡傻氣的，杏子也不該這樣嘲笑他吧？中島同學可跟班上那些臭男生不一樣！

五月回想起那一天。

體育課，五月與杏子與其他女生打著羽毛球，結果五月不小心手滑，把羽球拍扔到旁邊也在練習羽球的中島同學身上。

五月本想說會被中島同學臭罵一頓，緊張的要命，但中島同學卻出乎意料向她比起大拇指，還露出大大的笑容說：「別擔心，我沒事！」

心撲通一跳，五月就這樣對中島同學心動了。

從那之後，五月就開始偷偷觀察中島同學，接著她很快就發現，中島同學不僅開朗，而且還很有愛心，窗外的花圃都是他去澆水的，還有上課時，如果講課的老師個性比較嚴肅，中島同學也會替那些較內向不敢舉手的同學發問，順便製造笑點來緩和班上的氣氛。

溫柔、開朗又不求回報地幫助人，中島同學就是這麼特別的存在！

如果杏子也能像自己一樣注意到中島同學的優點就好了。

一會，五月來到商店街。

商店街人來人往，燈火通明。

她走入其中一間玩具店，買了戰隊 collection 的公仔。

中島同學是戰隊 collection 的粉絲，這是五月偷聽其他男同學閒聊時得知的重大情報。

五月覺得，如果明天生日時送他戰隊 collection 的公仔，那肯定會讓他對自己的印象加分！

不，甚至還有可能因此向自己告白，就像這樣：

「真沒想到妳也是戰隊collection的粉絲。」中島同學摟起五月的腰說：「五月，我們交往吧！」

「中島同學……」

等等！這太誇張了啦！

五月猛搖頭，將不切實際的妄想甩得一乾二淨。

還是別抱太多期待，明天只要悄悄把禮物放入中島同學的抽屜，並在他背後默默看著他的笑容就夠了。

結完帳，五月走出玩具店，就在這時，一陣鈴聲傳了過來。

那是手搖鈴的鈴聲，隨即五月想起杏子先前說的話：「只要她搖起手搖鈴，不管妳怎麼想逃跑，妳的腳還是會自動跟著她走喔。」

五月猛然轉頭，映入眼簾的是位身穿破舊毛衣的老婦。

死鈴阿嬤！

……不，這只是位普通的老婦而已吧？

五月的眼光快速在老婦身上掃視，她駝著背，滿臉皺紋，眼睛細成一條線，像夢遊似的。

「要不要買手搖鈴啊？」

老婦晃著手上的手搖鈴說。

仔細一看，手搖鈴上的鈴片都生鏽了，搖出來的聲音毫無生氣，加上老婦那要死不活的嗓音，讓五月一點都沒有購買的慾望。

接著，五月發現老婦身旁有輛小推車，推車裡放滿老舊的手搖鈴，上頭還莫名盤旋幾隻小蟲子。

好噁心！五月露出像是看到穢物的表情。

這老婦搞什麼？她真覺得能把這些沒什麼賣相的手搖鈴賣出去？

五月納悶同時捏起鼻子，她覺得眼前這位老婦渾身惡臭，若持續站在這不動，自己的身體彷彿也會染上她的臭味。

「要不要買手搖鈴啊？」

老婦猛然貼上前來，嚇了五月好大一跳。

「不要靠近我！」

五月雙手一推，老婦重重摔倒在地。

「唉、唉呦呦嘿喔！」

坐倒在地的老婦揉腰哀嚎，五月突然發覺自己好像做了不該做的事。

現在這情況在他人眼裡，肯定看起來就像她在欺負老人。

不想被誤會的五月，連忙將老婦從地上扶起。

「抱歉，我不是有意的，妳沒怎麼樣吧？」

「我沒事喔，只是……」

「嗯？」

一個不注意，五月的手竟被老婦反抓，老婦力量極大，手指幾乎戳入五月的手臂中，痛得讓她差點癱跪。

「快給我買手搖鈴！」

「妳這瘋婆放手啦！」

五月奮力一甩，老婦再度重摔一跤，同時傳來樹枝斷裂的輕響。

周圍傳來人群的騷動聲，但五月想也不想，使勁全身力氣逃離現場。

回家後，母親好奇問五月怎看起來氣喘如牛，五月什麼話也沒說，直接跑回房裡。

喘了好一會兒，五月心情總算平靜下來。

剛剛那個果然是死鈴阿嬤吧？

雖然跟傳聞中的有點不太一樣，但也是挺嚇人的！

渾身惡臭、全身髒兮兮皺巴巴，一副像被家人遺棄後遭房東發現在家腐爛多時的老人屍體，還硬要人買她那爛到不能再爛的手搖鈴，難怪會被當成怪人，不過幸好在遇到她前有買到中島同學的生日禮物。

五月低頭看向公仔的小包裝盒，隨後露出幸福的微笑。

「真希望明天趕快到來啊！」

隔天，她起得特別早。

平常她都是七點五十分和杏子一起去上學，但今天為了將禮物放入中島同學的抽屜，她必須更早到校，否則一定會被杏子和其他人發現。

她可不想被人發現她喜歡中島同學這事，所以包裝紙上連送禮人的姓名都沒有寫。

正當她下床之際，一股劇痛從左腳急襲而來。

「好痛……這不會就是傳說中的睡眠抽筋吧？」

疼得直發抖的五月拉起睡褲褲管，赫然發現小腿上竟插了數十片圓形鈴片！

「這是怎麼回事？」

五月不可置信望著自己的小腿。

無庸置疑，腿上的鈴片是手搖鈴的鈴片，上頭還佈滿暗紅色的鐵鏽，皮膚被鈴片嵌入的地方還有乾掉的血漬。

好可怕！這不會是昨天那老婦搞得鬼吧？

因為昨天自己不肯向她買手搖鈴，而且還把她推倒兩次……

但她到底是怎麼辦到的？不會是趁她睡著時用的吧？

五月一想到深夜有個老婦在自己房裡做奇怪事情的畫面，胃不禁痙攣。

「妳怎麼啦？一早就大吼大叫。」

「媽媽！妳快看我的腳！」

五月對進門的母親吼道。

母親蹲下身來，眉頭深鎖。

「妳的腳怎麼了嗎？」

「還問怎麼了？不就是——」

五月噤聲，因為她的腿完好如初，剛才驚悚的異相彷彿只是幻象。

母親滿臉疑惑地問：「妳不會是做噩夢了吧？」

「啊……哈哈！」五月苦笑：「對不起，好像真的是這樣……」

「唉！沒事就好，還有妳難得那麼早起，那就先下來吃早餐吧，每次看妳吃那麼急，都不曉得有沒有吃飽。」

「好喔。」

母親下樓後，五月試著在房裡走幾步，左腿真的不會痛了，看起來也沒有異常。

果然剛剛應該是看錯了吧？畢竟半夜被人插鈴片再怎麼說也太扯了。

吃完早餐，五月火速趕往學校。

步入教室，果真跟她原來想的一樣還沒半個同學來，在快速環視四周後，她就把禮物放入中島同學的抽屜。

「作戰成功！」

五月興奮說道。

「原來五月喜歡中島啊！」

杏子毫無氣息從五月背後現身，嚇得五月整個人從地上跳到中島的桌上。

「哇啊！杏子，妳怎麼……」

「我才想問妳勒！」杏子板起臉孔，「先不管妳跳躍力超乎常人這事，妳為什麼不跟我說？」

「說、說什麼？」

「別再裝了！妳昨天說什麼回來拿東西，其實是去買中島的生日禮物吧？」

「啊……嗯，這……這要怎麼說呢……」

五月臉頰發燙，腦筋一片空白。

「總之妳先下來吧，被中島看到妳這樣踩他書桌，不曉得會不會生氣。」

「不會啦，應該……」

「好啦快下來！」

五月在杏子的催促下跳下桌子後，覺得既然已經被發現了，那還是好好跟杏子解釋吧。

不過，雖然有事先跟杏子警告她聽了千萬別笑，但杏子聽完還是笑得一蹋糊塗。

「哈哈！原來那搞笑的傢伙在妳眼裡這麼優秀。」

「什麼在我眼裡？中島同學本來就是很優秀的人了，是妳一直都沒注意到好嗎？」

「開玩笑的啦！」杏子拍拍五月的肩膀，「不過妳真的只想這樣就好了嗎？妳應該也知道，現在是我們身為小學生的最後一學期了，以後可能再也不會跟中島同學同班、甚至是同校了喔？」

「沒關係。」五月微微低頭，「反正以前和他也沒什麼互動，突然跟他告白應該只會造成他的困擾，所以這樣就——」

「妳傻啊！」杏子輕敲五月的額頭，「什麼叫之前沒互動所以怕造成他困擾？互動這種事，等告白後再做就好啦！」

「那也要告白成功啊！」五月揉著頭說：「如果失敗了，別說是互動，可能連眼神對上都會很尷尬的。」

「眼神對到有啥好尷尬的？」中島同學說：「五月是怕中了什麼瞳術之類的嗎？」

「中島同學！」五月以迅雷不及耳的速度躲到杏子背後。

「早安。」中島同學爽朗笑道：「妳們今天怎那麼早來？」

「哼哼！今天是你生日對吧？」杏子露出壞壞的笑容說：「其實五月她想一早給你驚喜，所以我就陪她來了，中島，你看看你抽屜吧。」

中島彎腰看了下抽屜，將裡頭的禮物取出。

「哇！這不會是給我的生日禮物吧？」

「是啊，這可是五月精心幫你挑選的喔。」

「謝謝。」中島說：「這還是我第一次從女生那收到生日禮物呢。」

見中島同學開始拆包裝，五月心臟跳得猛烈，耳根子也如燃燒般發燙，不過當他拿出盒子裡的東西後，五月像被潑了冰水般全身發寒。

中島同學手上拿的是生鏽的手搖鈴。

「怎、怎麼會……」五月覺得很奇怪，她明明就是送戰隊 collection 的公仔，不知為何卻變成了手搖鈴。

「嗚……嗚哇啊！」拿著手搖鈴的中島尖叫。

「喂！你沒事吧？」杏子擔憂地問。

中島嘴唇發紫，四肢不協調地擺動起來，渾身顫抖，像觸電的機器人。

黃色的液體從他褲管下流出。

「中島！」杏子吶喊，將雙手壓在中島肩上想制住他身上的異狀，中島卻拍掉她的手，奮力往後一蹬，摔出窗戶，從三樓掉到一樓，頭殼在磚地上炸裂，死了。

見到此狀的五月臉色慘白。

現在學校正被死鈴阿嬤的恐怖籠罩，自己還在人家生日上送這種東西，怪不得對方會被嚇成這副德性。

「是我的錯……這都是我的錯！」

五月扯起自己的頭髮嚎叫，杏子趕緊抱住她說：「不是的，這一定是有什麼地方搞錯了！」

「沒有搞錯……就是我，是我害死中島同學……要是我沒送他禮物的話……」

「喂！五月，等等！」

五月不理杏子奪門而出，杏子追了上來，但五月仍不顧她的呼喊繼續狂奔。

為什麼？為什麼會發生這種事啊？

五月淚流滿面，把心上人害死的滋味真叫人難受。

這是老婦的復仇嗎？還是上天看她對老人不敬而給她的報應？

驀然間劇痛從左腳襲來，五月一個踉蹌摔倒在走廊上。

「妳沒事吧？」杏子擔憂問道，朝跌倒的五月伸出手。

「沒事，謝謝妳……」

五月握著杏子的手站起，結果抬頭後，眼前毫無一人，手上倒是多了個手搖鈴。

「哇啊！」

五月花容失色，心一驚，身子衝破走廊的窗戶，從三樓掉到一樓，頭顱著地，腦漿、眼珠、牙齒全跟腥紅的血肉噴了出來，死了。

這就是死鈴阿嬤的詛咒。

◈

傍晚，名叫悠介的小男孩在人行道上邊走邊哭。

原來他剛在公園玩遙控飛機時被同班的剛田武看見，剛田武說，如果不把遙控飛機給他就要請他吃一頓拳頭大餐，悠介很害怕，只好答應。

「可惡……如果自己能勇敢一點就好了。」

悠介覺得自己很沒用，從小到大，玩具老是被人搶走，明明父親有教導自己，遇到不喜歡的事一定要拒絕，不然很容易被人看扁而被欺負。

「下次如果有人又要我做不想做的事，我一定要勇敢說不。」

悠介抹去淚水，面露剛毅。

他下定決心，今後要成為有勇氣的孩子。

突然一陣鈴聲傳來，悠介轉轉頭，見一位老婦在巷口中搖著手搖鈴。

「要不要買手搖鈴？」
老婦的嗓音宛如病入膏肓，喉癌末期。
「不……不用了，謝謝。」
悠介沒有錢，而且那個老婦拿的手搖鈴都生鏽了，搖起來的聲音很悶很沉，一點都不討人喜歡。
「要不要買手搖鈴啊？」
老婦再度問候，語氣中似乎還含有「你確定不買嗎？」的意思。
「我身上沒有錢，抱歉。」
「那就回家跟你媽要啊！」
老婦低吼，還用手搖鈴敲了悠介的頭。
「對不起，我這就回去。」
悠介嚇壞了，急奔回家。
那個老婦好奇怪！好可怕！
悠介又哭了，他覺得這個世界好討厭，怎麼老是有人找他麻煩？

跑回家後，悠介喘喘氣。

以後回家不要走那條路好了。

悠介當然沒有跟母親要錢去買手搖鈴的打算，畢竟老婦態度不佳，身上的毛衣又破又爛，看起來超窮酸，他父母有教導，絕對不要跟窮人買東西，因為他們是有錢人，有錢人要有氣質跟品味，千萬不可以與窮人扯上關係。

喘完氣的悠介，跳上沙發，打開他的XBOX ONE。

「我看我以後也都在家玩好了，在家裡玩就不怕有人會來搶。」

悠介邊說邊笑，拿起遊樂器的手把，鈴聲傳入耳中，悠介低頭看，發現手中有一支手搖鈴。

「哇啊！」

他嚇得把手搖鈴丟到地上。

「悠介，怎麼了？」

母親走入三十坪大的客廳問。

悠介往亮晶晶的大理石磚面看去，手搖鈴不見了，倒是有支摔碎的手把。

原來是幻覺。

「手把摔壞了嗎？別擔心，再買就有了。」

「嗯……」

「肚子餓的話，廚房有點心喔。」

悠介聽聞，馬上把害怕的情緒都拋到腦後。

跑進廚房後，看到桌上有一鍋玉米濃湯，悠介笑開懷，他最喜歡吃媽媽煮的玉米濃湯了。

他走到烘碗機拿起碗與湯匙，興高采烈準備去舀湯，就在這時，鈴聲傳來。

悠太感覺毛骨悚然，因為他突然驚覺，手裡拿的東西似乎不是剛剛拿的碗與湯匙。

不會又是手搖鈴吧？

他戰戰兢兢低頭，希望不要又是手搖鈴。

結果真的是手搖鈴，且雙手各拿一支，極度駭人。

「哇啊！」

悠介尖叫，雙腳向前一蹬，整個人往桌上躍去，像灌籃一樣，悠介的頭顱直直塞入玉米濃湯的鍋子裡，餐桌無法承受他的體重，整張倒塌下來，悠介摔到地上，臉頰在滾燙的玉米濃湯燙得紅腫起水泡，最後，他因鼻腔被大量濃湯灌入而窒息身亡。

這就是死鈴阿嬤的詛咒。

◈

近十年來，因環境變遷與醫療技術的進步，日本老年人口急速上升，雖不願面對，但日本現在的確已步入高齡化社會，更可怕的是，在不景氣的環境下，日本老年的犯罪人口已追上青少年犯罪人口。社會福利金的減少、沒有親友陪辦的寂寞以及無法融入社會的不安，使他們焦躁、憂鬱且易怒，根據日本今年上半年統計，整體凶殺案雖然有在減少，但若只看老年人口的犯罪數據，凶殺案竟是攀升的狀態。

老年人不僅體弱多病，還因精神不穩定而成了新社會亂源，若再持續下去，高齡暴力犯罪國家恐成為日本的現實，為了防止社會全面崩壞，於是，守護年輕世代的正義團體就這麼誕生了！

驅老同盟！擊退邪惡的老人就是他們的使命！

成員共有四人，四人各有非凡的高超武藝，首先是日本隊長一樹，空手道少年組冠軍，出拳快如閃電，一秒內擊碎三名老人的下巴不是問題，再來是毀滅者結人，他身強體壯，連晨跑的老人都贏不了他，得意技為地獄隕石摔，只要有老人在公園做晨間運動，他就會抱著無畏的心闖入敵營，以最狠的力道摔爛那些老人的收音機。特務空，體態嬌小卻心狠手辣，甩砲煙火仙女棒，入他手者無一不成致命凶器，曾創下僅射一枚煙火就驅退七名老年遊民的光榮紀錄。

最後是神槍手祥太，其背上那把M82狙擊瓦斯槍讓他能在八百公尺外擊退老人，中招者必定全身癱瘓，臥床終生。

四人不分日夜，誓死維護年輕族群的生存權益，這就是驅老同盟！

「今天又有哪個殘害社會的老廢物跑出來啦？」

傍晚的公園，日本隊長一樹在溜滑梯上挖鼻孔說。

「他們應該不會再出來了吧？」特務空拿著剛從路邊佈告欄上撕下來的海報說：「已經有人開始張貼警告海報，要那些老人近日不要獨自一人出門。」

「可惡！」毀滅者結人重重踹了蹺蹺板一腳，「真不曉得是誰貼的，要是被我找到，一律視同庇護人犯，肅殺之。」

神槍手祥太說：「如果反派不登場，那我們這些正義之士不就沒事做了？」

「不如我們去鄰鎮吧？據說那邊有奇怪老人在誘拐小孩。」

日本隊長一樹說。

「隊長，你是指死鈴阿嬤？」

神槍手祥太說。

「死鈴阿嬤？」

毀滅者結人搔頭。

「就是一個會用手搖鈴誘拐小孩子的邪惡老人。」神槍手祥太轉頭問：「空，你應該也知道死鈴阿嬤吧？」

「當然，她那能催眠人心的手搖鈴，我老早就想見識見識了。」

特務空語畢，將甩砲扔到對面的沙坑。

砰！砂坑被炸出半徑五公分的小坑。

日本隊長從溜滑梯上跳下來說：「那就這麼定案了，今晚去鄰鎮討伐敵人！」

「是，隊長！」

三人齊聲。

夕陽西下，四人一同步行至鄰鎮的商店街，相傳這條街就是死鈴阿嬤會出沒的地方，不過他們在這遊蕩幾個鐘頭，卻不見符合謠言特徵的老婦蹤影，眼看弦月就快要掛到他們頭頂上，神槍手祥太便說：「她該不會今天休息吧？」

冷風拂過，落葉在無人的街道上飄舞。

「耐心點，我有預感她今晚會來。」

一樹話剛說完，詭異的搖鈴聲劃破晝夜。

「喂！你們有聽到嗎？」

特務空問。

「有！」毀滅者結人指著特務空背後說：「她就在你後面。」

特務空回頭，果真有個滿臉皺紋的老婦在晃著手搖鈴。

「要不要買手搖鈴啊？」

老婦的語氣像在加護病房插管等死的老人。

「就是妳嗎？一直誘拐小孩子的大壞蛋！」

隊長一樹插著腰問。

「要不要買手搖鈴啊？」

見老婦完全沒理會一樹的意思，毀滅者結人便喊：「隊長在問妳話，妳別給我裝傻！該死的國家毒瘤。」

老婦將手搖鈴貼到毀滅者結人眼前晃晃。

「要不要買手搖鈴啊？」

「混蛋！」

毀滅者結人咆哮，隨即把老婦整個人抱了起來，重重將她摔在地上。

要是正常情況，老婦的骨盆勢必會被摔碎，但實際上卻沒有，因為結人在將她摔下去的那一剎那，不知為何，老婦消失無蹤，取而代之的是支破舊的手搖鈴。

手搖鈴摔在地上四分五裂，鈴片如飛鏢般迅速朝四處飛去，其中一處是結人站的位置，他的頸子就這樣被好幾片鈴片劃過，鮮血在月光下洶湧噴出。

「結人！」

隊長一樹驚吼。結人跪地倒下，身子在血泊中痙攣抽搐。

「怎麼會這樣？」

特務空嘴唇發紫，此時手搖鈴冷不防從他耳邊竄出。

「要不要買手搖鈴啊？」

老婦貼在他身後晃手搖鈴，嚇得他趕緊後退幾步。

「誰要買妳那破銅爛鐵？去死啦妳！」

特務空毫不留情朝她丟出二十個甩砲，結果甩砲扔出去的瞬間都變成手搖鈴！

「空！怎麼回事？」

神槍手祥太不解問道，特務空卻突然甩起頭來，手舞足蹈跑到大馬路中央。

隊長一樹察覺不對，想跑去將空拉回街上，登時白光乍現轟鳴一響，空就這麼被一輛貨車給撞飛出去。

被濺了一臉鮮血的隊長，尿液從褲管下滾滾湧出。

「隊長醒醒！」神槍手祥太拍著他的臉說：「快逃！再繼續待在這會死的！」

「嗯嗯！」

隊長一樹猛點頭。

不用想了，這位老婦根本不是人！

兩人魂飛魄散地往回家的路上狂奔，跑到下一個巷口處時，老婦赫然現身！

「要不要買手搖鈴啊？」

「買妳爸爸妳媽媽啦！」

祥太怒吼，扛起背上的M82瓦斯狙擊槍，但他扣下板機之際，手指卻扣了空，低頭一瞧，原來他手上拿的是支手搖鈴，怪不得重量變那麼輕。

「祥太！你的槍勒？」

「我不知道啊……嗚哇啊喔喔喔！」

祥太驚聲尖叫，接著低頭往一旁的路燈燈柱奔去，「磅！」的一聲，竟是將整根路燈給撞倒了！同時祥太的額頭也凹了個大坑，鮮紅血液從他五官流出，在月光的照躍下像極了惡鬼。

一樹嚇得差點把心臟給吐出來。

他見前方有座天橋，趕緊往那高速逃去。
只要逃到天橋上，應該就不會被膝蓋骨質疏鬆的老人追上了吧？
抱著這樣想法的他，氣喘吁吁爬上階梯，沒想到過度的驚嚇使他雙腿發軟無力，他還得扶著扶手才能到天橋上，但就在他爬到僅剩最後一階時，突然一個重心不穩讓他差點跌倒，好在過去學習空手道的經驗讓他立刻穩住下盤。
不過明明就有扶扶手，為何還會重心不穩？
他戰戰兢兢往旁一看，便見手上握著的是支手搖鈴，至於鐵扶手呢？
對！整根都不見了！
長達二十公尺的鐵扶手就這樣被一支破爛的手搖鈴給取代了！
「哇啊——」
一樹哭吼，隨後從天橋上直直摔下，在頭蓋骨著地後失去了意識。
這就是死鈴阿嬤的詛咒。

❖死鈴阿嬤解說

本篇依據賣腳婆婆的傳說而來。

揹著大大的布包包，在放學的路上出現，並問著放學的學生：「有沒有需要腳呀？」如果回答不要，就會被婆婆的怪力硬生生將學生的腳扯斷；選擇要的話，就會活生生被裝上一隻多出來的腳。

不管回答要或是不要都會招來厄運，唯一能夠獲得救助的方法就是回答：「我雖然不需要，可是請去某某人那邊。」說出那個人的名字，讓賣腳婆婆去那個人那邊代替自己的厄運。除此之外，也有推著推車到學校四樓廁所的版本，以及販賣各種不一樣的東西來害人，共通點都是賣東西的婆婆。

消失的人偶

優子在舞川家擔任護工已經有三天的時間了，然而這三天發生的事卻讓優子感到很不舒服。

先來說說忠秀吧，這位年僅十歲的男孩是她的照護對象。半年前，忠秀在一場車禍中失去了妹妹，從此封閉自我，不願再踏出家門，不過舞川夫婦都要工作，親友也沒人可以幫忙，才會請優子來照顧忠秀。

當時，優子聽完舞川夫婦的說明，很同情忠秀的遭遇，不過當她見到忠秀後，便感到一種說不出的凜冽。

「優子姊姊妳好，這位是我的妹妹，靜。」忠秀捧著一尊球型關節人偶說。

不太對勁，優子默想。雖然忠秀看起來與普通男孩沒什麼兩樣，但他抱人偶的姿態卻給優子一種不詳的陰森感。

那種親密的抱法，彷彿那尊娃娃具有生命一般。

在與忠秀打招呼後，舞子夫婦讓他回自己的房間，而忠秀在上樓時，還低頭對那尊人偶竊竊私語。

舞子小姐注意到優子的疑惑，便說：「在那起意外後，他將對妹妹的思念投射在那尊人偶上，不僅為它取了相同的名字，就連造型也都打扮的跟靜生前一樣……」

舞子小姐說到這，眼睛泛紅起來。

「我知道這樣很不正常，可若把那尊人偶拿走，忠秀就又會回到先前完全不說話的狀態，他必須要和靜在一起才能打開心房。」

優子聽聞，內心不禁愧疚。

她其實也做過類似的事，小時候父親去世時，因為太想念父親，優子就在自己的日記上模仿父親的口吻寫字，藉此來營造出與父親對話的錯覺。

小孩子用一些特殊方式忘卻傷痛是很正常的事，但自己剛才卻對忠秀產生排斥感實在很不應該，優子緊握雙拳，在心中發誓絕不能再有這樣的想法，不過，在她獨自照護忠秀三天後，這個念頭便煙消雲散。

第一天

舞川夫婦出門上班，忠秀在自己房間看書，優子則依舞川小姐的指示，在一樓擦拭物品上的灰塵。忠秀患有先天性鼻子過敏，必須盡量將家裡打理得一塵不染，才不會讓他的鼻竇炎復發。

不過就在優子專心清掃時，天花板突然傳來急促的腳步聲，優子以為忠秀在樓上玩，沒放在心上，然而下一秒，忠秀悚然在優子背後現身。

「原來是在樓上啊，還以為跑下來了呢。」忠秀望著天花板說。

優子感到很訝異，忠秀剛不是在樓上嗎?怎麼會在這裡呢?而且，既然他在一樓的話，那在樓上奔跑的又是……

「嘻嘻，哥哥來抓妳嘍。」忠秀說完，笑嘻嘻上樓去了。

頓時，優子感到背部發麻。

她知道忠秀大概是在跟靜玩鬼抓人，不過靜是尊人偶，根本不可能發出那樣的腳步聲，可是如果不這樣想，那天花板的腳步聲就很難解釋了……不，就算那腳步聲真的是靜發出來的，也是很難解釋。

雞皮疙瘩。

在夏日的白天中，優子起了雞皮疙瘩。

第二天

優子照常進行房屋的清潔工作，對於昨日的詭異之事，優子選擇將它忽視，反正實際上也沒有發生什麼大問題，因此也沒必要過於害怕。

而當她清掃到二樓時，見忠秀房門沒關，好奇心作祟下，就偷偷從門縫觀察忠秀。忠秀趴在床上專心看故事書，靜則默默在旁陪伴。

靜……那尊人偶，它有著黑長袖髮，身穿黑色蕾絲長裙，若它是普通女孩想必一定很可愛吧？而實際上，這的確是靜生前常打扮的模樣，不過現在的靜是尊人偶，那雙大得不自然的眼睛，還有毫無生氣的淺笑，都讓優子感到反感。

她從來就沒有對人偶有好印象，特別是被好友七瀨強行帶去電影院看鬼娃娃花子後，就真的再也對人形娃娃提不起好感。

「咚。」

有什麼東西掉到地上了。

優子回過頭，身後的房間完好無恙，沒有東西掉到地上，於是她回過頭看向忠秀的房間。

一張面無表情的臉蹦上來。

是忠秀。

優子嚇一跳，連忙說：「不好意思，打擾到你了？」
「沒有喔。」忠秀微笑搖頭，然後說：「優子姐姐，請問妳有看到靜嗎？」
「沒有，怎麼了嗎？」
「她不見了，真奇怪，明明剛剛還在我旁邊。」忠秀指著自己的房間說。床上除了故事書外就什麼東西也沒有了。
靜消失了。
優子登時覺得詭異，但還是強擠笑容，「真的耶，到底是去哪了呢？」
「咚咚咚。」
腳步聲從樓梯口傳來，聲音來源位於一樓。
「原來跑去樓下啦，真是的，想喝飲料就跟哥哥說一聲啊，別擅自離開好不好？」忠秀嘟嘴抱怨。
在他下樓後，優子又是渾身起雞皮疙瘩。
說實在，優子不是很喜歡這種感覺，內心極度不安的她，甚至有那麼一瞬間懷疑是忠秀在捉弄她，但她很快就否決這個想法，畢竟忠秀也沒有理由整她……不，若硬是要說一個理由，那就是他要優子一起加入他的幻想，也就是靜還尚在人世的幻想。

小孩子都希望大人加入自己的幻想世界，何況忠秀還是一位剛痛失親人、不願面對現實的孩子，若是這樣，那一切都說得通了。

除了腳步聲以外。

優子很肯定，白天時，家中只有她與忠秀，並沒有其他人存在，且每當腳步聲出現，恰巧都是靜消失之時，而忠秀也一定會在優子附近，所以腳步聲也不是忠秀發出來的。

那麼，到底是誰？

腳步聲到底是誰發出來的？

難不成真的是靜？靜她真的具有生命嗎？她真的會依自己意識在家中行走嗎？

優子一想到這，手臂又是雞皮疙瘩。

第三天

優子精神不太好，因為前一晚，她夢見自己在睡覺時，露出棉被的腳突然被人抓了下，她起身一看，便見靜面無表情地在床尾瞪著她，然後就驚醒了。

真是糟透了，優子邊洗碗邊想，自己竟然被一尊人偶搞得那麼焦慮。

此時，在客廳的忠秀被綜藝節目逗得大笑，靜如往常般默默坐在他的身旁。優子打理好廚房後後，去了洗手間。

解手途中，洗手間的門響起了「叩叩」的敲門聲。是忠秀也要上洗手間嗎？

優子這麼想，回敲門示意洗手間有人。

「叩叩。」

敲門聲再次傳來。

優子覺得有些不好意思，趕緊穿上裙子，洗洗手，準備把洗手間讓給忠秀，不過就在她打開門後，呼吸驟然停止。

門外，是靜。

死寂黯淡的臉蛋正仰首注視著優子。恐懼化為冷汗從優子全身的毛孔中鑽出。

「忠秀！」優子大叫。

「怎麼了？」忠秀從客廳走到洗手間前，一見靜，便笑道：「唉呀，怎又不跟我說一聲就跑到這裡來了呢？」

「夠了……忠秀，別再裝了。」焦躁的優子忍無可忍，插著腰對忠秀問：「剛剛敲門的人是你吧？」

「我沒敲門啊。」

「說謊！你別裝神弄鬼了！」優子怒吼：「靜她已經不在了，請別再裝一副她還活著的假像！」

「優子姐姐在大聲什麼啦？」忠秀抱起靜喊：「我以後都不跟優子姐姐好了！」

隨後他氣沖沖跑上樓，留下呆愣的優子。

優子對這樣的情形感到非常慚愧。

就算事情再怎麼詭異，在失去親人的孩子面前，再次否定那位親人的存在也太殘忍了，不過優子會對忠秀這樣罵，也是因為她只能把這些怪事想成是他惡作劇才能安心，但現在的情況已經不允許她這樣想了，那麼，只能接受靜是活體了嗎？

活著的人偶，不管怎麼想都還是覺得很詭異……

第四天

優子打掃客廳時，有雙視線正緊盯她的背影。

是忠秀。

「怎麼了嗎？」優子主動詢問。

她知道忠秀有事要請她幫忙，可是卻因為昨天那句「不跟妳好了！」而難以啟齒，所以，優子先幫他打破兩人間的透明牆。

「那個……」忠秀小小聲說：「靜不見了……我怎麼找都找不到，可以請優子姐姐幫我找一下嗎？」

優子雙肩微微瑟縮，不過她還是強迫自己露出笑容。

「沒問題，你們是在玩捉迷藏嗎？」

忠秀搖頭。「其實我今天一整天都沒見到她。」

「這樣啊……好吧。」優子走到忠秀面前，蹲下來輕搭他的雙肩，「別擔心，我一定會找到她的。」

和忠秀分開後，優子在一樓客廳、廚房與主臥室搜尋靜的身影，不過沙發、櫥櫃、酒櫃、冰箱、電視牆等傢俱都翻過了就是找不到，有著強烈哥德風的靜是尊很顯眼的人偶，照理來說應該很好發現才對。

驀然，後頸被人戳了一下。

優子身高一百六十九公分，她很明白，忠秀絕不可能戳得到她的後頸。

那麼，是誰？

優子心臟砰砰跳的猛烈，這種恐懼彷彿一人在房裡專心看書時，突然遭人從後拍肩一樣。

顫慄的電流從膚下竄過，冷汗從毛細孔中泌出。

優子深吸口氣，旋即回首。

眼前瞬間一黑，原來是靜飛撲而上。

「哇啊啊！」優子驚聲尖叫，趕緊將靜給拍開，靜掉到地上，發出「咚」的悶響。

「怎麼了？」忠秀聽聞尖叫聲，立即從樓上跑下，然而一見到靜，馬上就將驚魂未定的優子給無視。

「靜！」忠秀將靜緊緊抱入懷中，「總算找到妳了！老愛跟我玩捉迷藏，真的很調皮耶。」

優子臉色慘白嚥了口沫，靜那扭轉一百八十度的頭正凝視著她。那是剛摔到地上時扭到的，但優子的心智全被恐懼佔據，激動之下，她狠狠將靜從忠秀的懷中給搶走。「優子姐姐！」忠秀大叫，優子不予理會，抱著靜朝樓梯下放置清掃用具的閣樓走去。

「妳想對靜做什麼？」忠秀再次大吼，優子便說：「我不會再讓她出來了。」

「為什麼？」

「誰叫她不乖！」優子說完，毫不留情將靜給摔進了閣樓中，然後重重關上門。

「妳幹嘛這樣？靜她明明就很乖，快把門給打開！」

「不要。」

「把門打開啦！」忠秀氣急敗壞地立地跳躍，甚至氣到眼淚都流出來，但優子仍緊關著門，就是不聽忠秀的話。

頓時，木門傳來拍門聲。

「砰！砰砰！」

很大聲，像是有人激動地敲著門，優子的理智快斷了，靜是人是鬼這兩個概念一直在她腦海互相爭鬥，並不斷剝奪她的理智。

緊握門把的手能感到有人正在裡頭奮力轉動，優子使盡全力握緊門把不讓靜出來，於是閣樓的牆接連發出「砰！」的敲擊聲。

忠秀哭了好久，敲擊聲也響了好久，有時還會夾雜著指甲刮牆的聲響。

靜有指甲嗎？優子先前沒有注意，不過聽起來應該是有吧？

過了許久，吵雜的閣樓總算安靜下來，忠秀眼睛也哭得紅腫，現在正一臉不滿地怒視優子。

聲音沒了。是累了嗎？

優子查覺到門把也很久沒有轉動了，難不成是體力用完了？

這時候的優子大概沒注意到，自己已經把靜當成活人了。

戰戰兢兢，她緩緩將閣樓的門打開。

指甲刮痕、凹陷的坑洞映入眼簾。

像是有人在裡頭抓狂一般，牆上佈滿的指甲刮很以及拳頭敲打的痕跡，唯一不見的，是靜。

「靜！妳去哪了？靜！」忠秀激動地跑到閣樓裡，找不到靜又哭了出來。

忽地「咚！」的一聲非常大聲！

貌似是從客廳傳來的，優子與忠秀趕過去，卻沒見到半個偶影。

靜到底去哪裡了？

即使忠秀哭天喊地，靜仍然沒有現身。

這一天，靜真的消失了。

第五天

失去靜的忠秀，把自己關在房間裡不出來，他一直哭，一直流淚，口裡不斷喊著靜，完全沒把自己母親也失蹤這事放在心上。

是的，舞川小姐失蹤了，在昨日去上班後就行蹤不明，舞川先生已經報警處理。

不過實在有點太巧了，優子懷疑，這該不會跟靜有什麼關連吧？

她打開閣樓的門，也就是靜昨日消失之處。

裡頭仍是一片狼藉，雖然有整理過，但還是慘不忍睹。

忽地，靜發現閣樓中有一種奇怪的聲音。

像是人的哭聲般，咻咻地迴盪在閣樓。不過優子很清楚，那是風從縫隙中竄出的聲響，問題是，風聲是從哪傳來的？優子仔細聽著風聲，接著找到聲音的來源處。

閣樓的牆面有一處凹凸不平，她摸了摸，不可思議的事情便發生了。

牆往內開了，那是一道暗門，暗門中有條通道，通道的大小約一個人蹲下的高度，優子只要蹲下的話，是可以爬進去的，但這條通道到底是通往哪呢？

優子好奇心作祟下，往裡面爬進去。

爬了許久，優子發覺這條密道設計非常複雜，不僅通往至二樓，舞川家任何地方都能通，她不曉得舞川夫婦的房子為何會有這種設計，不過她認為靜肯定就在密道的某處。

爬著爬著，突然一個撲空，她往暗處摔了下去。

「咚！」的一聲非常大聲。

她摔到深層處，令人難耐的焚燒感從她手臂裡蔓延

「好痛！」優子緊抱手臂哀號。

不過……這裡是哪？

優子拿出手機，舞川小姐倒吊的頭躍入眼簾。

「哇啊啊啊啊啊——」優子發出淒厲的慘叫，在手機燈光的照耀下，扭成一團的舞川小姐就在她面前，用著毫無生氣的雙瞳看著她。

優子想也不想，用腎上腺素分泌的力量爬回了閣樓。

「好可怕！舞川小姐怎麼會在那？而且還……」

之後，優子將這件事告訴舞川先生，舞川先生立刻通知警察，當晚便將舞川小姐的遺體從家中的密道移出。接著，優子辭去了看護工作。

而在她離去時，舞川先生交給了她一本筆記，那本筆記是舞川小姐的筆記。

優子閱讀後，才知道了一項事實。

原來，靜會到處移形換位都是舞川小姐做的。

她平常上班後，就又會偷偷回到家裡，藉由家中的密道將靜給帶走。

優子回想起來，當時舞川小姐的遺體的確抱著靜，至於她為何要著麼做，日記裡寫著，其實靜會喪生，是因為她當時帶忠秀與靜去購物時，沒顧好靜，讓她跑上馬路，緊接著一輛卡車過來，靜就支離破碎了。
舞川小姐對此事感到很愧疚，而在看到忠秀開始將人偶打扮成靜的樣貌，甚至稱她為靜時，便決定實現忠秀的願望。
舞川小姐的日記還有透露，她有與親友和丈夫談過這事的構想，但他們都認為舞川小姐的想法太過奇特，所以不幫忙，舞川先生本以為舞川小姐已經打消念，結果事實是並非如此。
「沒想到她居然真那麼做了。」舞川先生訝異地說。
後來，在優子擔任看護後，舞川小姐認為如果能讓一個人見識靜會移動的情景，那麼就能更加令靜的存在真實化，然而舞川小姐在移動靜的途中，不小心在密道裡把自己腦子給摔破了，那時優子聽到的巨響就是舞川小姐在密道中摔死的聲音。
優子在了解這些事後，非但沒感到毛骨悚然，反而還覺得母愛很偉大。
原來不只有小孩會為了悲痛而幻想，其實連大人也會為了治癒傷痛而躲進自我的幻想。所以，以後若是家裡的物品突然不見了，而你時常發現你家的天花板或是牆壁裡會發出奇怪的聲響，不要懷疑，搞不好是有人在裡面帶著你的東西爬行喔！

❖消失的人偶解說

本篇乍看之下是夏懸老師依照日本都市傳說，不請自來的莉卡娃娃的故事，實際上最後卻是和《牆中人》有關。

自己住的家中天花板或是牆壁內如果藏著一個人、在家裡都沒人時出來活動，是不是很令人不舒服呢?原本只是都市傳說，卻在二〇〇八年日本內真的發生了。

日本福岡縣一位獨居男子發現自己家的食物經常神祕消失，在忍無可忍之下裝設了監視器，卻發現監視畫面中一名老婦人在自己家中四處行走，隨意拿食物取食。男子報警後根據警員調查，這位五十八歲的婦人是個遊民，藏身在一個高四十公分長兩公尺的儲物櫃中，還為自己舖了墊被，準備了好幾個寶特瓶。

婦人最後承認，已在男子家居住了一年之久，如何不被發現潛入和居住，警方也不清楚，只能懷疑這名婦人已經居住過好幾間房屋的儲物櫃了。

藁人形

在網路的留言版上，出現了這樣的故事。

◈

我是建設公司的現場作業員，年紀不到三十歲的我非常敬業，在工地現場也時常和同事們打好關係；但是接下來要說，是我這幾年怎麼想也想不透的事情。

有一年的年末，正在進行道路工程辦公室中所發生的事。

我結束一整天的工作後正想要回現場事務所時，擺放好的折疊椅上方有報紙攤開放在上面，令人覺得奇怪的是，在報紙上方似乎放了什麼東西的樣子，到底是什麼呢？我並沒有很介意，直接拿起了報紙後才發現是什麼東西。

是個『藁人形』……而且還有頭髮之類的東西在裡面的樣子。

「啊──」我慘叫了一聲，藁人形掉到了地上，因為工作已經告一段落，在附近休息的大家也快速聚集到了我身邊。

「那是什麼？」「嗚哇！那是詛咒人偶！」「第一次看到哇！」「很不妙啊。」

不知道什麼時候開始，人全部圍在這邊、也引起了小小的騷動。

「吵吵鬧鬧的幹什麼啊！」這時候，在附近進行砂石作業的大叔也來到了這邊，我們現場使用的辦公室和砂石作業的辦公室是共用的；砂石作業的大叔看了一眼後說著：「啊啊，那個啊。好像是松本那個大叔，在處理木頭建材時發現的樣子。」

松本先生是我們公司配合的建商；因為他那邊處理木材的作業員發現了這個藁人形，總覺得隨便亂丟不太好，所以打算拿回去辦公室先放著。

「到了山裡的話，偶而會發現這種東西的喔。我也看過了好幾次了啊。」

「人形呢，明天會拿去附近的神社去處理。」松本先生似乎是這樣說過的。

整件事情就這樣子決定了，大家也不再吵鬧，就這樣像是沒事情一般一哄而散。

到了隔天早上，我去工作現場前要去辦公室先去打個招呼，這時候發現辦公室入口聚集了一群人。「發生什麼事了啊？」我好奇的問著。

「夜裡有誰進去過辦公室的樣子。」

我往裡面看，入口處的窗戶是打開著；從那往裡面看去，辦公室內被弄得亂七八糟；因為離人群並不會太遠，也就沒有設置警報裝置，一直到早上第一位來的大叔才發現辦公室變成了這個模樣。

入口處雖然鎖著，但用其他方法偷跑進去也是有可能的；辦公室中的電腦或是測量道具以及值錢的東西都還好好的放著，並沒有什麼東西被偷走。

只是，昨晚那個藁人形，已經找不到了，在一片混亂中，突然聽到前面大叔大叫：「等等！你們大家看那邊！」我往站我前面的大叔指的方向看去，發現天花板和靠近天花板的牆壁周圍，有沾過泥巴、印下來的手印或是腳印。

「那個腳印看起……似乎沒有穿鞋子直接印在上面……」

一聽到這句話，我的寒毛瞬間直立、從背部一直毛了起來。

到底是什麼樣的人闖進來、還在天花板留下了那種手印和腳印，隨著藁人偶形的消失，已經成為不可解的謎題了……

❖藁人形解說

藁人形，用稻草或小麥的根莖所製作而成的人形，古代中國稱為芻靈，又稱芻人；用於陪葬品之外，日本還有用來詛咒的一種道具。從日本各種恐怖怪奇電影中，也代表著恐怖象徵的小道具來使用。

在日本平安時代（七九四年－一一八五年／一一九二年左右），因為疾病蔓延為了驅逐病魔，而在道路邊放置藁人形來驅逐害蟲或是放到水中流走的習俗出現；在軍記文獻中也有為了擾亂敵人而製作大型的稻草人穿上盔甲的紀錄。這種做法最有名的在《三國演義》孔明草船借箭最為出名。

而用於詛咒的藁人形，會在藁人形中放入要詛咒的人毛髮後使用長五寸的五寸釘，釘在大樹上邊釘打邊詛咒；五寸的釘子大約等於十五公分左右，因長度特別，在市面上也並不好買到。

另外，也有用藁人形來除厄祈福用的儀式，例如岩手縣白木野地區會用藁人形來背負村中的厄運後送到外地來祈福的風俗，最大的藁人形甚至還到五公尺長。

除了人的形狀外，其他還有馬或是狗的形狀，藁馬、藁犬或是福岡縣有名的八朔藁馬等作品出現。

影見

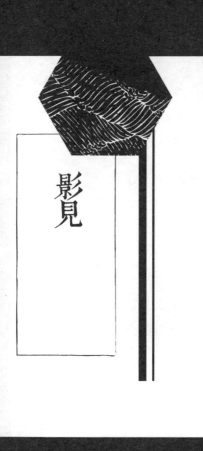

當鏡子中的人和你說話時，你的反應如何呢？

日本網路留言板上留下了【鏡子中的奈奈】這樣的故事。

◈

我在幼年的時候，一個人玩的日子很多，是個孤單寂寞的孩子。

我老家是鄉下的老房子，周圍幾乎沒有和我一樣年齡的孩子；雖然有一個弟弟，卻因為年紀還很小沒辦法和我一起玩，幾乎都是我一個人自己在玩。

父親啊母親啊祖父啊，在弟弟出生後幾乎都沒有在管我，讓我感到有些寂寞；不管如何，那個時候的我幾乎都是自己一個人玩。

因為我老家是農田旁建造的老房子，小房子非常的多，西南方的角落有個儲藏室，收納許多舊道具或是小東西；我到了儲藏室中，會找許多東西當作玩具玩，那是我當時的樂趣。

那裡有一面鏡子，什麼時候在那邊、什麼時候找到的已經記不清楚了，是一個沒有裝飾也沒有手柄可以拿的圓形小鏡子，感覺上雖然非常古老，卻沒有發霉或是傷痕，可以非常漂亮的看清楚我的倒影。

然後，是什麼時候出現的我也記不清楚了。

有一次，我看向鏡子，發現我的背後站著一個我不認識的小女孩。

嚇一跳的我趕緊回頭看、當然我的身後並沒有什麼小女孩站在我後面。

為什麼只有在鏡子中出現呢？我感覺到不可思議卻不會感到恐怖；是個皮膚白皙長髮的小女孩，那個女孩子在鏡子中透過我的肩膀往我這邊看，微笑著對我說：

「你好。」

從那時候開始，我和她開始聊天了，我稱呼那女孩子『小奈奈』。

父母親看到我在儲藏室對著舊鏡子說話感覺很不舒服，卻也沒有把鏡子給拿走；而且大人們似乎也看不見小奈奈的樣子。

有一天，我對小奈奈說：「都沒有朋友和我一起玩，好寂寞。」

小奈奈對我說著：「你可以來我這邊和我一起玩也可以唷。」

「要怎麼樣才可以到你那邊呢？」我感到疑惑的問著。

小奈奈露出了困擾的表情，回答著：「我不知道。」接著又說，「我去問問看。」小聲回答後似乎跑走了。

我也想知道是問誰，不過總覺得好像問了不太好的感覺所以安靜的等著。
之後又過了幾天，小奈奈高興的和我說。
「我知道怎麼過來的方法了，來我這邊和我一起玩吧。」
我雖然很高興，但是想到父母親一直告誡我『出去玩時一定要和祖父或是祖母說』，我就回答著：「我去問看看我媽媽。」
聽到了我的回答，小奈奈的表情有一些困惑：「這件事情都不可以跟任何人說，說了會變得很糟糕的，也許會變成再也無法見面的情況喔。」
聽到這裡，我立刻覺得『不想變成那樣的狀況』，害怕說出來就再也見不到面，只能安靜的坐在鏡子前。
小奈奈又問著：「那麼，明天來我這邊找我嘍？」
「嗯。」我點點頭回答著。
「約定好了唷！」小奈奈微笑著，對著我的方向伸出了小指頭；我也伸出了小指頭碰向鏡子，有一種很微妙暖呼呼的感覺。
那個晚上我一直睡不著。

並沒有和父母親說出小奈奈的事情，但是躺著看向天花板那片黑暗時，很多很多的疑問湧上了心頭。

要如何到鏡子裡面去呢？
那個地方是什麼樣子的地方呢？
為什麼小奈奈不來我們這邊呢？
能回到這邊來嗎？

越想這些事情，越來越感覺到不安，然後對於小奈奈的事情開始覺得可怕。
隔天，我沒有去和小奈奈會合。
再隔天、再隔隔天也是，我都沒有靠進儲藏室。
結果，之後再也沒有到儲藏室去了。
過了很久，我為了到外地高中就讀而離開了老家；畢業後也沒有再回去老家，開始在附近的鎮上工作，一路這樣走過來，終於我也結婚了。
從那時候開始，小奈奈的事情幾乎都忘記了。

結婚後沒多久，妻子就懷孕了，也就回到了岳父岳母家；這時候的我為了工作和家事忙碌著，下班回去後只有自己一個人的家讓我感覺到寂寞，我也只好當作有些事情要處理，頻繁的往返老家。

有一天，在老家吃完晚餐後，就在老家睡一晚；半夜醒來，到了廁所後，站在洗手台前洗手，沒什麼感覺看了鏡子一眼：走廊上的門沒關，再過去的黑暗中隱隱約約的看到了儲藏室。

感到疑惑的我，記得來廁所的時候已經關上門了啊，回頭看了一眼發現門確實是關的，再轉過頭看向鏡子時，鏡子中的儲藏室出現了白色的門。

我瞬間寒毛直立，確實看到鏡子中那扇白色的門動了一下；就在那個瞬間，我想起了小奈奈的事情。

『糟糕！』雖然我這樣想，目光卻無法從鏡子離開……門果然動了。

鏡子中的白色門打開了，從儲藏室中慢慢出現了白色的物體，慢慢的飄了過來；前所未有的恐懼感向我襲來，我就這樣凝視著那個白色物體。

是令人懷念的少女笑容。

◈

我的記憶在這裡中斷了。

等到我回過神時，我就躺在棉被中，外面也已經是早上了。

似乎是做了一個令人不舒服的惡夢……

這樣想的我，讓我覺得家裡有什麼一樣讓我覺得討厭；那天剛好是假日，我馬上就回去了自己家裡。

我住的公寓樓下有公用停車場，就算是中午停車場仍然黑黑暗暗的；我停好車後，看了一眼車內的後照鏡。

在我的身後，出現了小奈奈的臉。

嚇到的我轉過頭看，後座任何人都沒有；再看一次後照鏡，小奈奈就坐在鏡子中的後座，從鏡子中一直看著我。

皮膚白皙長髮的小奈奈，和以前完全一模一樣。

因為我實在太害怕了！想要移開視線卻沒有辦法，全身發抖的我只能一直看著鏡子中的小奈奈，直到小奈奈對我微笑說著：「午安。」

「為什麼那時候沒有來呢？我一直都在等著說。」小奈奈仍然保持著微笑對著我說著。

我不知道該說什麼好、只能保持著沉默；接著小奈奈又開始說著。

「那麼，現在和我一起來我這邊玩吧！」

然後，鏡子中的小奈奈將手伸過鏡子中我的肩膀，往我這方向伸過來。

「來這邊一起玩吧……」

「不可以！」我想都不想大聲叫了出來！

「對不起，小奈奈。我、已經不能去那邊了，不能去了啊！」

小奈奈手就停在原來的姿勢，不發一語的看著我。

我狠狠的打了方向盤！用比剛剛還小的聲音說著：「我已經有了妻子。還有孩子，已經快要出生了。所以……」然後我再也說不出一句話，只能趴在方向盤上；維持了那種姿勢發抖了一陣子，我非常害怕的再一次看向後照鏡。

小奈奈仍然坐在鏡子後座。

「這樣啊……我知道了，你也已經是大人了呢。已經不能再和我玩了。」小奈奈看起來非常寂寞的說著，「這也是沒辦法的事呢……」小奈奈對我微笑著。

那是個很天真無邪的笑容。

「小奈奈……」我當時以為小奈奈原諒我了。

「那麼，我去和那個孩子玩。」小奈奈說了那句我無法理解的話後，消失不見了。

從那次之後，小奈奈再也沒有出現在我面前。

兩日後，妻子流產了。

那之後到現在，我們一直都沒有再懷上孩子。

最近弟弟結婚後，夫妻間終於也懷上了孩子。

現在，我對於小奈奈的事情要不要和弟弟說，感到十分迷惘……

❖影見解說

這種故事背景很常出現在都市傳說中，通常都是鄉下老家的倉庫會找到奇怪的東西。

影見是古老日本稱呼鏡子的用語。鏡子在各國都擁有不可思議的傳說，無論是鬼故事或是神話故事，都和鏡子都擁有很大的關係；有些宗教或是通靈者會宣稱鏡子擁有神祕的能量，似乎也擁有聯繫異世界的通道之類的，在鏡子中是否還有不一樣的世界呢？就等待著讀者們自身去發覺了。

犬神

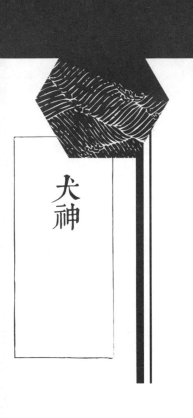

同樣在日本留言板上的恐怖都市傳說，有許多網友觀看後分析，故事中的小紗代似乎和犬神擁有很大的關係。

◈

在我讀小學之前，我曾住在廣島鄉下過。

我說說那個時候認識的『小紗代』的事情。雖然特別提出來，但是實際上我和她的感情並不好。我母親老家所住的地方是可以一望無際、都是農田的超級鄉下，連幼稚園或是托兒所都沒有的地方。

我和母親還有祖母一起在家裡住，每天等著父親回來、有時也會有無聊的時候；只有在到附近比較熱鬧的街上時比較讓我有所期待，最期待的就是去那邊的公園，趁著等待母親買東西時順便在公園內遊玩。

有一天，公園來了一個和我差不多大的可愛女孩子，很快的我們就玩在了一起。

那女孩子名字是『小紗代』，似乎住在這個街上附近，一個人過來玩的樣子。

穿著黑色的裙子和白色襯衫、留著河童般的髮型是個很可愛的女孩子，我們立刻熟識了起來，開始在沙堆上玩沙。

用杯子裝起沙堆上的沙、不停重複挖起來做了一個很大的沙堆小山，兩個人互相從側面開始挖洞；因為是用手直接挖，只要花一點時間繼續挖下去就可以碰到對方的手，那時候隧道也算正式開通了。

我也大概可以摸到小紗代的手了吧？正當挖到正中間附近時，不知道怎麼回事我的雙手突然被緊緊抓住，將我用力拉向沙推小山！我的頭也陷到了沙堆小山中；堅固的沙堆小山開始崩垮、沙堆蓋在了我的頭上讓我快要窒息了。

「住手！小紗代！」我叫了出來。

這時候，小紗代從沙堆小山的另一邊，對著我看，「咦？什麼？」小紗代彎著腰、對著我不懷好意的看著；對於不管怎麼看都只有五、六歲的小女孩來說手也太長了吧？我根本不知道什麼原因，只能一直喊著「住手！住手！」

這時候母親剛好買完東西過來了，小紗代的手也在這時放開了我；而我也因為剛剛的刺激，忍不住開始反胃。

小紗代從開始反胃的我旁邊對著母親敬個禮、快速的跑掉了。

「怎麼玩的髒兮兮的呢？」母親皺著眉頭說著。

當時還是孩子的我，直覺認為母親不會相信我的話，結果什麼都沒說就這樣和母親回家了。

從那次之後，我似乎就被她給盯上了。

母親只要來到熱鬧的街上，就會將我放在公園內，這樣的我也只能不得不和小紗代一起玩；她一直都穿著黑色裙子和白襯衫，就像那一套衣服就是最好的衣服一樣，她的家人也從來沒有帶衣服或外套來給她。

只要母親帶我來到了公園，她就會自動出現；就算公園有其他孩子已經在玩了，只要見到小紗代來到了公園，不管和我差不多大的孩子、或是小學高年級的孩子，都會不約而同的偷偷離開，就像是逃出去一樣。

我對於小紗代完全無法反抗，只能假裝友好的應對著。

小紗代摸過掉在公園角落的打火機後，只要摸到蝴蝶、蝴蝶就會莫名其妙燒起來；走在牆壁上的貓被小紗代集合起來的枯葉給丟到，就會連動都不會動得從牆上直接摔下來。

小紗代多次引起不可思議的事情後，我對於和她見面產生了恐怖感。

還有很多莫名其妙的事情，但是根本寫不完啊。

抱歉。一想到過去的細節就會覺得鬱悶，讓我直接寫到最後的事件吧。

就像之前說的，每次去公園都會遇到可怕的事情在我眼前發生，在這之間，我也很自然的躲在家中不願意再和母親一起去買東西，孩童時候的我只想著從小紗代的身邊逃走。

不去公園一個月左右之後，難得父母親想要帶我一起去買東西，也因為這樣，事件就發生了……我想說父親開車帶我出去，那麼就不會遇到小紗代，所以我很快就答應和父母一起出發。

在百貨公司很高興玩了一小時之後，父親載著我的車回程路上經過了公園，在路口處因為號誌燈停了下來，好死不死，就剛好停在了公園入口處附近。

我內心因為不想見到小紗代而感覺心跳加速，從窗戶偷偷的往公園方向偷看著。

沒想到她居然在公園，就只有她一個人，不知道指著什麼正在大笑著。

感覺很可笑，她指著我們這邊的方向、沒理由的笑倒在地上。

我當下呆到說不出話來，這時候信號燈轉成綠燈車子開始移動後，小紗代的身影也慢慢的看不見。

但是，小紗代指著我們的手卻隨著車子移動的方向一直指著我們的車；一直指著對著我們乘坐的車笑著。

為什麼會知道我在車子內？比起思考為什麼，害怕的情緒更是直接。

隔日，父親的車被緊急追撞、傷到了頸椎，接下來幾乎決定了一生都要躺在醫院度過的命運，也因此搬到了九州的醫院去。

我和母親一起前往九州，在父親的老家中接受照顧，然後進入到了小學就讀。

之後和小紗代再碰面的機會也沒有了。

◈

我呢，並不認為父親的事故是她引起的，雖然這樣說，更不想要認為是她引起的；若是連我都要負起連帶責任的話，比起回憶起那個女的所造的惡業感到可怕、令人記恨的感覺，到現在也都還是覺得非常火大。

和騙人所編的鬼故事比起來或許一點也不恐怖，但這些都是實話。

❖犬神解說

犬神和日本憑依物一樣，是西日本神道教最常出現的使魔，是以犬靈為主。從四國、九州一直到沖繩等地都有相關傳聞，漢字會寫成狗神。

傳聞中要將狗埋入土裡只留一個頭露出來，並在狗的面前放上食物但是不給牠吃，直到快餓死的那一瞬間將狗的頭砍下來，狗的頭就會去咬食物；之後將狗的頭燒成灰開始祭祀，就會成為犬神；也有傳聞是讓猛犬自相殘殺，留下那隻餵魚肉時砍下頭成為犬神。

曾經發生過巫女販售乾燥的蛆宣稱是犬神來販賣的事件。

犬神與管狐一樣，用來蠱惑，視作詛咒，在一般的社會中是敬而遠之的。本篇故事中是否是犬神，也留待讀者自行判斷。

現代妖怪檔案

見鬼實錄

附錄：式神

小月和赤鬼一起走到了一處深山中。小月穿上的巫女服很適合，學習各種神道咒術也很快，再加上她體內似乎擁有神祕的力量，這讓蕨決定讓小月一邊支援青鬼和赤鬼的任務，一邊找出小月神祕的身世。

本次的任務比較特別，平常青鬼和赤鬼的任務都是淨化邪惡的妖怪比較多，讓這些充滿邪惡能量或是負面能量的妖怪可以安息或是成佛；這次來到深山中的任務是來觀察，要找出散發奇特能量的真相。

「臨兵鬥者皆陣列在前。」小月對著某個散發負面能量的土壤，畫出了結界後，散發負面能量的土壤被淨化後恢復成了普通土壤。

赤鬼邊吃著手上的草莓大福，邊問著小月：「這樣土壤會怎樣嗎？為什麼要特別淨化土壤？」赤鬼邊彎下腰，邊看著被淨化的那一塊地方。

小月沒有回答，對著地上的土壤又唸著咒語，接著土壤發出了淡淡的藍光，沒幾秒鐘後藍光消失了，土壤外觀看起來就和普通的土壤沒有兩樣。

「……這是結界。」小月淡淡地回答。

從那天蕨開始訓練小月神道教的巫女基礎後，小月進步神速，就像是體內本身就會一般，幾乎一教就會；再加上小月體內的能量似乎源源不絕，技術上的層面也許比不上蕨，但是純正的力量一點也不遜色已經修行千年的蕨，這讓青鬼和赤鬼都很意外，小月體內那種鬼之一族的能量，太過強大了。

訓練了幾個月後，在這夏末的時刻，小月和青鬼赤鬼一起進行任務，來調查散發負面能量的這片山脈。

「我知道結界啊！青鬼也常常這樣做。」赤鬼一臉無聊的說著，「只是到了某個點就設了結界，真的很麻煩！」赤鬼這樣說，也是知道設了結界後的效果事實上維持並不久，了不起幾個小時就沒有了，赤鬼伸伸懶腰，感覺無趣的說著，「像這種麻煩的事情真的很討厭，會覺得很無聊呢。」

「無聊嗎……」小月側著頭看著赤鬼問著：「那萬一有不懷好意的妖怪突然出現，不是很危險嗎？」

「才不會呢！」赤鬼充滿自信的說著，拿出手上的狼牙棒用力一揮！「只要出現敵人，像是全壘打一樣揮出去！就乾淨溜溜了呀！」赤鬼揮了好幾下，大聲笑著。

小月看著赤鬼，確實赤鬼的能力和一般妖怪比起來，幾乎是壓倒性的勝利；會這樣也是因為赤鬼和青鬼成為護法鬼的時間已經有三百年，從不知道幾代前的神主大人就暗中和蕨訓練她們，讓她們在黑暗的世界中維持秩序；特別是力大無窮的赤鬼搭配懂得利用知識的青鬼，讓這兩人在蕨的指揮下合作無間。

但是太過輕忽對手，會招來大禍啊！雖然青鬼多次提醒赤鬼不要太過自滿，不過一直以來確實也沒發生什麼大事，也讓赤鬼越來越魯莽。

「青鬼一個人調查西面的山，應該沒問題吧。」小月問著赤鬼。

「沒問題沒問題！你也別太擔心呀！」赤鬼收起狼牙棒，將雙手放在頭後方說著，「青鬼可是懂得許多知識呀！我們只要放心的將西面的山脈交給她，我們快速調查完東面的山脈部分就可以了呀！」從赤鬼樂觀的表情看來，似乎很信賴著青鬼。

一股寒冷的夜風吹來，小月隱約中感覺一絲絲的不安，似乎在這山中，隱藏著不知道是什麼的東西。

小月對赤鬼說：「蕨大人說，如果找不到太多線索，可以詢問這裡的原住民。」

「原住民？要問居住在這的人類嗎？」赤鬼問著。

小月搖搖頭回答：「是克魯波克魯族。」

克魯波克魯族內的氣氛也不同，小月和赤鬼一到就倍感那種壓力。

一般克魯波克魯族人居住的地方一定是遠離人類的地方，以深山、深谷、洞穴等隱密的地方為主；而在深山中的克魯波克魯族也因為喜好和大自然共存，通常會很有朝氣的耕種和紡織，就算是晚上的時候圍著營火歡唱也是常有的事。

赤鬼和青鬼也曾多次在不一樣的地方接觸過不一樣的克魯波克魯族，對於和妖怪的黑暗世界以及人類貪婪世界中間像是特例的奇特存在，更能瞭解更多兩邊不一樣的情報和消息。不過克魯波克魯族的生活確實也比較低調，本次委託蕨調查的，就是這邊克魯波克魯族的族長爺波魯的請求。小小的信紙寫滿密密麻麻的文字，讓蕨用放大鏡看得十分痛苦。信中簡單說明，出現了奇特的妖怪，讓附近的山脈變的很不正常，磁場也變得非常不穩定。

小月和赤鬼發現克魯波克魯村庄內非常的安靜，許多人都非常沒精神。

「派過去的戰士們都沒有回來嚕……老朽可是非常的擔心嚕。」滿頭白髮又留著長長白鬍鬚的克魯波克魯老人，正是族長爺波魯，「從族中最強的戰士哥波魯和其他戰士，到了另一邊山谷中的山洞去調查後就失去聯繫，這三天來沒有一個人回來，讓我十分的憂心嚕。」

「不是說等我們過來再去嗎？」小月表情有些黯淡的說著。

「抱歉……哥波魯前陣子才被一個人類打敗，只想著挽回面子，喊著『這是克魯波克魯族的驕傲！』後，就帶著所有族裡的戰士出發了……」爺波魯一臉愧疚的說著，「真的很抱歉，請你們務必救他們回來！拜託了嚕！」三天以來無聲無息，看來凶多吉少……一想到這，爺波魯的眼淚忍不住流了下來。

山谷洞穴中到底是什麼東西？無論是什麼，恐怕都是些不懷好意的東西。

赤鬼一臉輕蔑的說著：「『克魯波克魯族的驕傲』不是很好嗎？就悠閒等他們回來不就好了？」邊說還邊想拿出草莓大福……啊！才發現已經吃完了。

「請別這麼說，如果能帶他們安然回來，再多的草莓大福老朽也能提供嚕。」爺波魯邊說，邊拿出一些東西來，「這些是我們克魯波克魯族的手工藝品，因為做得很珍袖又精緻，在市場上可以賣不少人類的錢嚕！」爺波魯拿出一個像是很小的竹製手工藝品，果然很珍袖又精緻，看起來真的可以賣不錯的價格。

「可是我們不能隨便收謝禮……」小月正想拒絕謝禮的時候，被赤鬼打斷話。

「這樣子那我們就出發了呀！」赤鬼滿臉笑容大聲回應著。

◈

兩人走出爺波魯的矮房子後，小月有些無奈的說著：「比起謝禮什麼的，我比較擔心那些克魯波克魯戰士的安危。」

「所以要快點呀！」赤鬼催促著，「我沒想到草莓大福一下就吃光了，讓我覺得很煩躁呀！」赤鬼的笑容和平日悠閒的表現幾乎沒了，這時候的她看起來非常的煩躁，「快快的衝過去、快快的打倒、快快的回來拿謝禮買大福！」

「那個，如果不介意的話，我有大福喔。」赤鬼旁邊傳來很可愛的聲音。

赤鬼和小月往旁邊看去，有一位漂亮的克魯波克魯少女站在旁邊。

「我的名字是依妮魯，我們克魯波克魯族也會自己做大福嚕！」依妮魯騎到了一隻金色揪形蟲上，「波克揪！我們拿給這位鬼大人嚕！」依妮魯騎著波克揪飛到了赤鬼面前，將一包裝著大福的袋子拿給赤鬼。

赤鬼打開袋子，發現是很迷你的大福，臉上有點失望。

「這麼小，根本不夠吃啊……」赤鬼邊說，邊將一整袋的迷你大福放到嘴中。

突然一種衝擊性衝向赤鬼！雖然迷你大福很小粒，但是那種紅豆香甜味、外面包覆著紅豆的麻糬皮又香又有彈性，讓赤鬼一吃就覺得非常好吃！

赤鬼開心的說著：「好吃！一點也不會甜膩！蔓延開來的香味真的非常好吃！」看著赤鬼的反應，依妮魯也開心的微笑著。

「雖然現在很小嚕，可是可以為了大人您做出大尺寸的大福嚕！」依妮魯說著，「請讓我來為兩位大人帶路，這樣可以很快速的到達山谷洞穴嚕！」

「妳帶路嗎？也許會有危險耶……」小月傷腦筋的看著赤鬼，似乎是希望赤鬼也能幫忙說服眼前的克魯波克魯少女不要一起前往。

「沒關係啦！有我在不會有危險。」赤鬼一臉不在乎的說著。

「拜託……哥波魯是重要的哥哥，請讓我為兩位大人帶路吧。」依妮魯滿臉期待、張著水汪汪的大眼睛看著小月。

可是，對妳來說太危險了……小月原本想說出口，想一想還是算了，現在當務之急應該是將克魯波克魯戰士們平安帶回，也許依妮魯的帶路可以更快到達目的地也是件好事。小月點點頭：「那麼就麻煩妳了。」看著依妮魯開心的表情，小月也露出了笑容。

◈

波克揪的速度真的很快！就算依妮魯坐在上面速度也絲毫不減。

「從這方向過去，很快就可以到達山谷嚕！」依妮魯轉過頭對著兩人說著。

赤鬼笑著說：「反正把他們帶回來就行了！出現什麼通通都打爛吧！」

突然有一種奇妙的感覺影響到小月，她停下來看向另一般森林的深處。

赤鬼和依妮魯也停下來，走到了小月身邊。

「怎麼了？」赤鬼問著小月。

「……有東西。」小月邊說，邊往另一邊森林過去。

「嘖！」赤鬼不耐煩的說著：「人家想快點吃到大福啊！」雖然這樣說，但還是跟著小月後面過去。

「等等！不是那個方向嚕！」依妮魯也只好跟著一起。

小月感覺到前方似乎有什麼東西？快速的前進後，發現了一顆枯萎的大樹下，一隻像是狐狸一樣的東西正被一大群餓鬼圍著！

「……狐狸？」小月表情十分疑惑，說是狐狸也感覺不同，像是妖怪的感覺。

「不是狐狸喔！」赤鬼意興闌珊的說著：「是管狐，可能是某個術士丟棄的吧！畢竟達到七十五隻後就不能再養，無論是精氣還是運氣都會受影響，所以丟棄後逃到這了吧。」在赤鬼解說的同時，那隻管狐不停的擋下餓鬼們連番的攻擊，但還是被餓鬼攻擊到！漸漸的管狐似乎受傷，速度也變的非常緩慢。

「弱肉強食本來就是自然的生態，更何況那隻管狐也只是被遺棄的妖怪，就別管了吧！」赤鬼正準備離開，卻發現小月衝向管狐，「等等！一群餓鬼也是很麻煩的……」話還沒說完，小月已經抽出了一張符咒，唸了咒語後符咒燒起來，丟向那群餓鬼！「神道・不知火！」小月大聲喊著！

『轟！』瞬間被符咒散發出來的火焰將餓鬼們被燒得焦黑！

小月擋在那隻受傷虛弱管狐的前方，大聲說著：「你們這些餓鬼快離開吧！再靠近我絕對不客氣！」餓鬼卻像是一點也不畏懼、集體衝向小月！

因為受飢餓所苦，這些餓鬼腦中除了殺戮和搶食，基本上並沒有太多思考能力，就算親眼看到同伴被燒掉，只要能吃上一口，死也無所謂！

沒時間比手勢了！小月在空中劃出九條線，這是緊急時代替九字真言用的！在小月周圍出現了結界磁場，讓餓鬼沒辦法靠近小月、而被結界給彈開！

小月又快速的唸起咒語：「曩莫三滿多縛日囉赧憾！」不動明王咒語讓小月身邊的結界冒出紅色的火焰、轉眼間餓鬼們都被燒得焦黑！

不過幾秒鐘的時間，整群餓鬼都已經化為灰燼。

「太驚人了嚕……」依妮魯看得目瞪口呆，突然間依妮魯旁邊冒出一隻餓鬼、快速朝依妮魯衝過去！「呀！快飛！」依妮魯嚇得尖叫！

「礙事！」赤鬼的狼牙棒打向餓鬼，餓鬼的身體四分五裂一命嗚呼！

赤鬼和依妮魯來到小月身邊，小月蹲下看著地上奄奄一息的管狐。

「波克揪，那隻管狐快死掉了嚕……」依妮魯對著揪形蟲說著，揪形蟲似乎也知道。

「看來救不起來了，就算用藥師真言恐怕也救不活了。」赤鬼聳聳肩，「小月，我們走吧，這隻管狐沒救了。」

小月一言不發的站起身，就算帶著這隻受傷的管狐回去找蕨大人，應該也是來不及了吧！更何況自己還有任務，難道真的救不了這隻受傷的管狐嗎？

「走吧，小月妳盡力了。」赤鬼將右手放在小月身上，似乎想要安慰小月。

小月沒有回答赤鬼，將身上的符咒拿出來，似乎只有三張是空白的；小月拿出一張空白的符咒，開始低頭唸起了咒語。

「咦？妳這咒語是？」赤鬼覺得小月的咒語很陌生，似乎不是蕨所教的。

小月的符咒開始發光，蹲下去的小月將符咒放到了管狐身上，並用另一隻手的指甲劃出傷口，讓血液滴到管狐身上；管狐的身體也發出了淡淡的藍色光芒，受傷的地方慢慢痊癒，管狐最終張開了眼睛。

管狐朝上轉了幾圈，化身成為一個淡金色短髮的女孩子模樣，頭上也有著奇特的狐狸耳朵，身上則是穿著黃色花紋的夏季浴袍。

「妳是管狐嗎？叫什麼名字呢？」小月問著。

女孩子點點頭：「我是飯綱使者的飯綱，雖然是管狐的一種，但是名稱不同。名字則沒有被飯綱使者決定。」說完，飯綱的表情有些沒落，畢竟自己是被捨棄的使魔。

「是嗎？」小月點點頭，「我是見桔稻荷神社的見習巫女小月，那麼妳願意和我訂契約，成為我的式神嗎？」小月很認真的問著。

「等、等一下！」赤鬼緊張的說著，「先不談妳為何會這儀式，如果妳收她為式神，那麼妳的精神力和體力都必須提供給她呀！或許壽命也會被影響不是嗎？」

「那又如何呢？」小月看著赤鬼說著，「我只想到這個方法，不然她會死掉呢。」小月說完，再度望著飯綱，「妳願意嗎？成為我的式神。」

飯綱跪下身，「小月大人是我的救命恩人，能夠收留我真的感激不盡。」

「好的，那就當作契約成立。以後妳就吸食我的精力，成為我的式神吧！」小月點點頭，將符咒放到飯綱頭上，「從今以後，妳的名字就是伊津奈，無論未來如何，都一起努力吧！」

伊津奈露出了笑容，眼眶泛著淚水，被吸到了符咒中，空白的符咒出現了像是用毛筆畫的飯綱圖畫，旁邊寫著漢字伊津奈。

「傷腦筋，妳真的將她收為式神啊！」赤鬼看著小月，「式神和飯綱使者畢竟不同，飯綱使者這些使魔可以拋棄或是轉讓，吃的精氣也是屬於外在的能量；但是式神卻不同，是很有可能將宿主的能量吃得一乾二淨的！」

「沒關係，我想今後伊津奈也會幫助我的。」小月對著赤鬼微笑著說完後，對著依妮魯說著：「依妮魯，走吧！我們還要繼續趕路呢！」

「是、是的！我們快走吧啊嚕！」依妮魯讓波克揪飛起，繼續朝著目標前進。

◈

森林的盡頭是一座深深的山谷，附近的風非常的大，讓坐在揪形蟲上的依妮魯似乎非常狼狽。

「已經到了這邊嚕！接下來就是山谷底的洞穴，也是哥波魯和大家去的地方啊嚕！」突然一陣強風、將波克魯和依妮魯被吹到了旁邊失去重力！

「呀！」依妮魯叫了一聲！瞬間就被小月抱在懷裡，「啊……真的很抱歉啊嚕。」依妮魯趕緊道歉，小月只是微笑著點點頭，說著不用客氣。

赤鬼看著黑暗的谷底，吹著口哨說著：「嘿！看起來直接跳下去是最快的方法哦！要這樣做嗎？」赤鬼笑笑的對著小月說，「還是說要慢慢找路爬下去？我可先說哦！我可沒興趣慢慢爬下去哦！」

「附近有地方可以爬下去嗎？」小月問著懷中的依妮魯。

依妮魯看了看波克揪，搖搖頭後看著小月：「沒有嚕，哥波魯似乎也是坐著波克揪的朋友們下去的樣子啊嚕。」

小月看了看下方，對著赤鬼說著：「附近既然沒有地方可以爬下去，那我們就跳下去吧。」

赤鬼露出興奮的表情：「太好了！要是青鬼一定是囉囉嗦嗦，硬要找沒有風的地方爬下去之類的，那我就跳下去啦！」赤鬼大聲喊著「呀哈！」往山谷中跳下去！

真是給好孩子帶來壞榜樣！小月的腦海中出現青鬼曾經這樣罵過赤鬼，原以為赤鬼只是精力旺盛而已，看來確實還有少一根筋的成分在。

「依妮魯，妳也要下去嗎？」小月問著。

「要！要的啊嚕！」依妮魯激動的說著，「如果不能親自帶哥波魯回來，那就等於白來了啊嚕！」看來依妮魯也是下定決心要下去。

「呀哈哈哈哈——」山谷傳來赤鬼的笑聲，以及狼牙棒碰撞在山崖邊的聲音，似乎赤鬼是用狼牙棒來控制掉下去的速度，讓自己安全的緩慢滑下去。

小月可沒有那種技術，同時也沒有辦法直接用飛的……真的有辦法飛嗎？更何況危險性太高，風又太強，萬一把依妮魯在半空中拋走也太危險了。

有了！也許這方法可以！小月想到的是伊津奈！飯綱這種使魔本來就會飛行，何不試試看呢？小月拿出符咒，唸了唸咒語後，伊津奈出現在小月眼前。

「是剛剛的飯綱啊嚕！」在小月懷中的依妮魯忍不住說著。

伊津奈禮貌的說著：「小月大人，將我招喚出來有什麼事情呢？」

「看看吧！有什麼方法可以下去呢？」小月指著山谷，伊津奈看了看，露出笑容，慢慢變化成為細長狐狸的模樣。

「請上來吧！」伊津奈對著小月說著，小月緊緊抱著依妮魯和波克鍬，坐上了伊津奈的身上。

細長的狐狸也許也很適合飛行？伊津奈順著風勢慢慢往下飛，很快地到達了谷底；谷底的風沒有那麼大，但是細微的月光照不進去谷底，因此山谷底非常的黑暗。

「太慢了太慢了！」赤鬼笑嘻嘻的說，「真是太有趣啦！要是青鬼看到肯定會被罵的，哈哈哈。」赤鬼邊說邊笑著。小月站起身離開了伊津奈身上，依妮魯也重新騎上波克揪，伊津奈也幻化成為人形。

「可不可以照亮一點呢？」小月對著伊津奈說著，伊津奈點點頭，手上出現了一盞紙燈籠，是伊津奈變化出來的。

依妮魯指著前方說著：「洞窟就在前方嚕，請跟著我來啊嚕。」波克揪載著依妮魯，緩緩的向前飛。

走了一段路，越靠近洞窟，異樣的感覺就越強！不只是能源感覺變得很奇怪，連磁場都很混亂！就像是空氣中有了一個破洞，空氣正大量的被吸進破洞內一般；而那種異樣感，就來自於眼前的洞窟中。

「是這裡嗎？」小月看著眼前的洞窟。

「是這裡嚕……」依妮魯左右看著，對著洞窟內喊著：「哥波魯！哥波魯你在嗎？」聲音大到有回音。

「這樣叫就會出現嗎？不是都三天了嗎？」赤鬼嗤之以鼻的說著。

遠方傳來了微弱的聲音：「這聲音？是依妮魯嗎？」

「這聲音……是哥波魯嗎？」依妮魯快速的朝聲音方向過去，發現躲在低窪處的哥波魯！「哥波魯！找到你了！太棒了啊嚕！」

「還真的就這樣找到啦……」赤鬼一臉複雜的表情。

「噓！小聲一點！」哥波魯緊張的說著，「別吵到牠了！小聲一點！」

「吵到誰？大家都沒事嗎？」依妮魯開心的說著，這時候才注意到哥波魯背後的克魯波克魯戰士們似乎都平安無事，「既然沒事，那就快點回去吧！」

「呱！呱呀——」遠處傳來了奇怪的叫聲！

「這聲音！」赤鬼回頭看，遠處的濃霧中慢慢走出全身毛茸茸，身高兩百五十公分以上，充滿利齒的大嘴巴，正吐出濃濃的穢氣；毛絨絨又粗壯的雙手，有著可怕的利爪，這特徵正是生存在深山中的山鬼。

從濃霧中走出來的，不是只有一隻，而是一群。

赤鬼拿出狼牙棒，這時後面的小月也靠近赤鬼。

「傷腦筋，後面也出現了呢！」小月低聲的說著。

山谷底兩邊都出現了大量的山鬼，從前後兩邊包圍住赤鬼和小月；依妮魯則是躲到了哥波魯的身後。

「這下該怎麼辦才好！」哥波魯痛苦的說著。雖然克魯波克魯族人依賴自身矮小的優勢躲在地洞中，卻也對於逃出去的方式無計可施；在乾糧和飲用水快耗盡前依妮魯帶人來救援，但是眼下似乎一點辦法也沒有。

赤鬼握緊狼牙棒對著小月說著：「前方的山鬼交給我，後方的交給妳沒問題吧？」赤鬼看小月點點頭後，露出了笑容，「我的背後交給妳嘍！夥伴！」赤鬼將身體蹲低，將狼牙棒橫拿低於腰下，全身運滿鬥氣。

「青鬼看到我用這招，恐怕又要對我碎碎唸了呢……」赤鬼身上的鬥氣散發出紅色的光芒，赤鬼大喊：「禁技・鬼之輪迴！」瞬間赤鬼開始高速旋轉、像個陀螺一樣衝向山鬼！

山鬼基本上沒什麼太高的智力，會在活動範圍內無差別攻擊生物後吃掉，現在這些山鬼成群出現，不先發制人的攻擊，會錯失良機！前方的山鬼被赤鬼攻擊到後，身體四分五裂！山鬼們發狂的攻擊赤鬼，卻都被高速旋轉的赤鬼攻擊的體無完膚！

「臨兵鬥者皆陣列在前！」小月快速打出手印、符咒往山鬼前方一丟，「神道・

不知火！」瞬間符咒在山鬼週圍發出火焰，並在中間發出爆炸！山鬼被赤鬼和小月一瞬間就解決了不少的數目！

但是山鬼們仍然從霧中不斷出現，似乎源源不絕；比起不斷攻擊的赤鬼和小月，似乎完全不受影響，持續的朝小月她們攻擊過去；伊津奈在小月身邊，只能用簡單的火焰驅逐太過靠近的山鬼，面對一大群山鬼，伊津奈也是束手無策。

死亡的山鬼身軀殘骸就像是被土地吸收後又消失不見，這奇怪的狀況依妮魯似乎注意到了，「不能這樣下去！」依妮魯騎著波克揪飛到了小月身邊，「小月大人，您有沒有發現山鬼的屍體都會無故被土地吸收？」依妮魯邊在小月旁說著，邊警戒著週圍的山鬼。

小月看了看週圍，轉過頭問著後方的赤鬼：「赤鬼大人，您注意到了嗎？山鬼的屍骸都會被土地吸收？」

「是啊！」赤鬼猛力一擊！四隻山鬼像是被擊飛一樣炸得四分五裂！屍塊掉落在地上後很快就被土地吸收失去蹤影，「這樣一直、一直出現，到底怎麼回事嘛！」赤鬼感到有些疲累，豆大的汗水開始滴落在地上。

「讓那些山鬼們看看我們克魯波克魯族的驕傲！」哥波魯大喊一聲，所有克魯波克魯族的戰士像是回應一般『啊嚕！』大喊一聲，也和哥波魯一起騎著甲蟲們飛出來！

哥波魯張開腰間迷你型弓箭，和克魯波克魯戰士們在山鬼前方上頭徘徊著。

「援護射擊！發射！」在哥波魯的命令下，小支弓箭射向山鬼的眼睛和頭部！山鬼堅硬的皮膚雖然彈開了迷你弓箭，卻也讓山鬼們分心轉向哥波魯他們，這一分心，讓赤鬼和小月抓緊機會猛攻！

就這樣又纏鬥了幾分鐘，山鬼們還是不斷的朝小月她們過來。

「磅！」赤鬼用力的將狼牙棒垂直擊向地上！這是她失去耐心時的動作！「怎麼打也打不完！到底怎麼回事！」比起赤鬼疲累的模樣，小月想要拿出符咒時，發現符咒也已經用完了！

赤鬼抬頭看向上方，因為濃霧根本看不到天空；剛剛用魯莽的方式下來，現在怎麼可能用蠻力爬上山壁呢？可能嗎？體力不夠會不會掉下來？而且下降時有強風，可是非常的危險啊！

「呀！」伴隨著依妮魯的慘叫聲！

小月的右臂被一隻山鬼劃破，鮮血不斷的流出來；伊津奈趕緊護著小月，盡量不讓山鬼不靠近小月，小月卻仍不停的被山鬼攻擊到，全身傷痕累累……

赤鬼想要撤回到小月身邊，卻被一群山鬼圍住！

「別擋路！」赤鬼猛烈攻擊，被打敗的山鬼倒在地上，缺口很快又被後面的山鬼補上，一點都沒辦法靠近小月的方向。

「狙擊！快狙擊！」哥波魯發出命令，山鬼們卻不為所動；很快的戰士們的弓箭也用完了；哥波魯非常緊張，再繼續耗下去，山鬼吞噬大家是遲早的事情……

「窣——」「窣——」一陣奇怪的聲音從山洞中傳出。

哥波魯瞬間一股惡寒，戰士們臉色鐵青的互相看了看，全看向哥波魯。

「快、快逃啊！那傢伙、來了！」哥波魯大喊，戰士們緊張的往原先躲避的石縫中逃去！

一群山鬼被擊飛到山洞中，赤鬼納悶的看著哥波魯們：「什麼東西？那傢伙？」

赤鬼邊說，邊望向山洞；山洞中確實有什麼東西在，赤鬼和小月終於會合，小月全身也傷痕累累。

赤鬼和小月不約而同看向山洞，那是一種很強烈的存在。

「咕滋、咕滋……」山洞中傳來奇怪又令人不舒服的咀嚼聲，從黑暗深處伸出了一隻細長又噁心的大型毛茸茸手臂，一把抓住一個正在飛的克魯波克魯戰士！

「嗚哇啊啊——」戰士發出了慘叫聲，被巨大手掌緊緊捏在掌心。

從山洞冒出一個披頭散髮，臉型非常肥碩的臉，充滿皺紋又有著三層厚厚的下巴，肚子上凸了出來，手腳卻非常的細長；外表像是餓鬼的大肚子，卻又像是山鬼毛茸茸的身軀。簡直就像是山鬼和餓鬼的綜合體，身高足足有四百多公分高。

「咕滋、咕滋……喀！」怪物像是在咀嚼抓住的山鬼，「……咕嚕！」咬爛後吞下；山鬼抓起在手掌心的克魯波克魯戰士，伸出肥厚的舌頭放入嘴中用力吸食！發出「噗啾嚕」的聲音後，戰士已經只剩些許白骨和殘渣，被怪物用力丟在地上後、用短而肥胖的腳用力踩爛！

「噫——」依妮魯全身感到惡寒！一種從內心讓她恐懼的回憶襲來；那動作她看過，是一位曾經想要抓住她販賣的噁心人類的動作！眼前的怪物雖然不像那個人類，但是動作和噁心感覺幾乎一模一樣，肯定眼前的怪物和那個人類有關係！依妮魯一想到這裡，全身顫抖到動彈不得。

「不、不要……」依妮魯邊流著淚發抖、邊想讓波克鍬往後逃；怪物卻像是早就發現了依妮魯，猛烈一跳一把抓住依妮魯！被抓住的依妮魯只剩頭在手掌外，只能臉色鐵青發抖著。

怪物張開血盆大口，伸出了肥厚的舌頭，似乎想要像剛剛那樣吸食戰士般，將依妮魯吃掉！

「依妮魯！」哥波魯轉過身，想要衝過去救依妮魯的同時，山鬼們卻擋住哥波魯；此時赤鬼從旁邊躍起，猛烈拿起狼牙棒擊向怪物的腦門！發出『磅』的巨響！怪物搖晃了一下鬆開了緊握依妮魯的手掌，依妮魯和鍬形蟲波克鍬無力的往下掉落，伊津奈快速回復成飯綱的模樣，輕柔的接住了受傷失去意識的依妮魯。

「依妮魯！」哥波魯趕緊從伊津奈那邊接走依妮魯，躲到了旁邊去，讓克魯波克魯戰士們持續攻擊著大隻怪物。

旁邊的山鬼仍然不停的攻擊！伊津奈回到了小月身邊；只要小月真的被殺，伊津奈也會跟著死亡，這就是式神的契約，也是式神的宿命。

「別礙事！」赤鬼盡可能閃躲大隻怪物的攻擊，從旁邊猛烈的攻擊！大隻怪物卻絲毫沒有受傷，不停的追逐著赤鬼的蹤跡，讓赤鬼無從鬆懈；而小月和克魯波克魯戰士也漸漸沒有地方可以躲藏了，山鬼已經將小月包圍在中間了。

一隻山鬼從後方咬住了小月！小月的肩膀噴出了大量鮮血！

「小月大人！」伊津奈想衝過去小月身邊，小月卻又被四面八方的山鬼包圍住、一次被三隻山鬼咬住！鮮血染紅了地面，小月的視線逐漸模糊……

「小月！」赤鬼轉過頭看著小月大喊、卻因為一不留神，被大隻怪物的手用力的推到山壁上！強烈的撞擊讓赤鬼的狼牙棒掉落在地上，赤鬼也被大隻怪物緊緊的壓在山壁上！

伊津奈變回飯綱模樣，全身燃起火焰衝向小月的方向！全身冒火的伊津奈趕走了咬住小月的山鬼，自己也慢慢被火焰吞噬……

「小月大人。」伊津奈在受傷的小月身邊冒起火焰，就算犧牲生命換取小月再多活幾分鐘，也不足為惜吧！一個被飯綱使者拋棄的飯綱，在這短短的時間內能被重視過，也算是一種幸福吧。

「小月大人，謝謝妳。」伊津奈閉上眼睛，「對不起，伊津奈不能再陪伴妳了。」伊津奈身上以被火焰吞噬掉大半，化為虛無也不錯吧。

突然伊津奈身上的火焰全數消失，身上像是有一股能量注入，傷痕也全部痊癒，「伊津奈，現在說放棄也還太早了吧？」伊津奈張開眼睛，轉過身看向後方，隨即露出了不可思議的表情。

身後的小月完全變的不同面貌，紅色的眼睛外，右臂也變成惡鬼般的鬼手。「小月大人，您怎麼……」伊津奈驚訝的問著。

小月伸出右手鬼手，對著伊津奈說著：「先別解釋，將妳的力量借給我吧！」伊津奈點點頭：「榮幸之至！」伊津奈慢慢化為飯綱的模樣後，變化成為一支巫女用的驅魔用的魔杖。

「這、這是怎麼回事？」赤鬼掙脫開大隻妖怪的控制，撿起狼牙棒，驚訝的看著小月，「將式神具現化，變成可以控制的魔杖嗎？」

「伊津奈，要去了喔。」小月全身散發出像是光的光芒、卻又帶著暗紅色的鬼之妖氣，「這些山鬼，回歸塵土吧！」

『月櫻夜華抄！』小月身邊的光芒像是化成夜櫻般的能量，像是旋風般襲擊所有山鬼！被夜櫻能量碰觸到的山鬼、瞬間化為塵埃！大隻妖怪被強大的能量擊中後，一點一點的消逝！

「魯肥……我不是魯肥……」大隻怪物喃喃自語，漸漸地消失在夜空中。

月下的夜櫻飄落在空中，和怪物們一起消失的無影無蹤。

小月也在同時，全身癱軟倒在地上。

◈

小月張開眼睛時，發現自己在蕨的懷中。

「小月，辛苦了。」蕨微笑的說著。

「小月大人醒了！」克魯波克魯戰士們高興的大聲呼喊，感覺起來非常有活力。

「小月大人！謝謝妳！」依妮魯也高興的說著。

小月起身，看向周圍，怪物們都失去了蹤影，青鬼也幫傷痕累累的赤鬼在包紮著；青鬼推推眼鏡，對著小月說著：「能夠戰勝這些來自異常能量的怪物們，我們只能說是奇蹟啊！」

伊津奈也回到了小月身邊，似乎身上的傷也痊癒了。

「發生什麼事了嗎？」小月似乎沒什麼太多的印象，只記得自己在漸漸失去意識時，身上湧現了神奇的力量，救了大家。

「來看看這個吧！」蕨示意著大家走入洞中。

洞中出現了奇怪的藍色漩渦，就像是在地上憑空出現一般，有著強烈的異樣感。

「這是？」小月問著蕨。

「這個算是一種異空間的傳送門，也是影響附近磁場的元兇。」蕨伸手去摸那個漩渦，卻像是摸到一層薄膜般被彈開，「這種傳送門理論上並不會持續太久，一般只有幾秒鐘就會消失，但是要強到影響到附近磁場，只能說這個傳送門很不一樣。」蕨轉過頭，看向小月：「無論是妖怪，或是妳的出現，恐怕都是因為這個傳送門的關係。」

「我的關係？」小月不可置信的看著蕨。自己如何出現、為何沒有之前的記憶，甚至體內的力量是什麼，完全都不清楚，「為什麼肯定和我有關係？」小月反問著蕨。蕨沒有回答，只是站起身示意小月靠近那個漩渦；小月靠近後，伸手摸向藍色漩渦。

小月的手可以穿過去漩渦！不像是蕨一樣被彈開！

青鬼扶了一下眼鏡，看著漩渦說著：「最近出現妖怪們異常暴走，以及人類掉入異空間的事件，恐怕都與這個異常的傳送門有關。」青鬼也走向藍色漩渦，伸手摸去同樣被薄膜彈開，「我們懷疑，調查的結果恐怕答案就在這傳送門的另一方。」

「我會去。」突如其來的回答，讓所有人看向小月。

「如果有什麼答案，我希望能夠找出來。」小月慢慢走向傳送門，回過頭看著大家，「我到底是誰？又是為了什麼出現？如果找出答案的同時又能阻止磁場變化，我很願意試試看。」

「這是很危險的事情。」蕨認真的看著小月，「畢竟另一個世界是什麼樣子？有著什麼樣的空間，這些都不是我們能知道的。」蕨停了一下，繼續說著，「妳真的願意去調查嗎？」

一個人孤單的去一個陌生的世界，這種孤獨是誰能夠體會的？小月閉上眼睛，回憶中出現了許多和蕨學習神道術的過去，和赤鬼調查、以及和青鬼學習的種種過程，要離開大家前往異世界嗎？

「讓我們一起阿魯！」哥波魯和幾個克魯波克魯戰士也衝到藍色漩渦旁，卻也都被彈開！只有依妮魯和波克揪安全衝到了小月身邊。

「依妮魯！」哥波魯喊著，雖然驚訝依妮魯沒被彈開，但是也同樣擔心依妮魯就這樣被藍色漩渦吸走，「妳不要衝動阿魯！那邊的異世界危險啊！」

「不！依妮魯也要和小月大人一起！」依妮魯看著小月。

「確定嗎？」小月也看著依妮魯，依妮魯點點頭說著：「不能讓小月大人一個冒險阿魯！要一起回來這邊阿魯！」依妮魯的眼神非常堅定。

「小月大人不會孤單的。」伊津奈也出現在小月身邊，「小月大人，就由我來守護。」

蕨看向小月，從身上拿出一個紫色水晶墜飾交給小月：「這個紫色水晶擁有稻荷神明的力量，會保護妳；只要我們研究出突破這個傳送門的方法，我們會盡快去和妳會合的；無論是天涯海角，我們都會找到妳的。」蕨說完，緊緊的抱住小月。

「保重自己，我的摯友。」蕨說完後，對著小月一個微笑。

「自己小心一點，我們很快會過去和妳會合的！」赤鬼對著小月比出讚的手勢；青鬼也對小月點點頭，眼神似乎表示要小月好好照顧自己。

「依妮魯！要小心阿魯！小月大人加油啊！」哥波魯只能接受依妮魯的決定，和克魯波克魯戰士對著依妮魯揮手。

「謝謝大家。」小月往左看了看伊津奈，向右看了看依妮魯，一起轉身看向地上的藍色漩渦。

一切謎題的答案，就在這彼方。

小月將伊津奈收回體內，緊緊抱著依妮魯一躍而下！

藍色漩渦發出了強烈的光芒，小月已經前往了未知的未來。

蕨走出了洞窟，望向了星空：「約定好，無論是否再過了千年，我們會再見面的。」夜空中出現了一片剛剛出現的能量化成的夜櫻，飄到了蕨的手中。

《完》

後記

大家好，我是雪原雪，很高興您閱讀完本作品。

這本作品是依照都市傳說以及鄉野奇譚所改編的妖怪故事，內容上參考許多文獻以及網路小說。和夏懸老師、慕雪老師、ＭＯＭＯ老師的合作非常愉快，是十分有趣的創作過程。

日本的妖怪以及都市傳說都非常的迷人，妖怪們的未來也會一直在我們心中綻放光芒！或許在其他的平行異世界，我們與他們也會相遇也說不定喔！

《百鬼夜行—怨剎》夏懸　著／讀品文化
《百鬼夜行—魅惑》雪原雪　著／讀品文化
《百鬼夜行—魔化》雪原雪

▶ 現代妖怪檔案：見鬼實錄 （讀品讀者回函卡）

■ 謝謝您購買本書，請詳細填寫本卡各欄後寄回，我們每月將抽選一百名回函讀者寄出精美禮物，並享有生日當月購書優惠！
想知道更多更即時的消息，請搜尋"永續圖書粉絲團"

■ 您也可以使用傳真或是掃描圖檔寄回公司信箱，謝謝。
傳真電話：（02）8647-3660　　信箱：yungjiuh@ms45.hinet.net

◆ 姓名：　　□男　□女　　□單身　□已婚

◆ 生日：　　□非會員　　□已是會員

◆ E-Mail：　　電話：（　）

◆ 地址：

◆ 學歷：□高中及以下　□專科或大學　□研究所以上　□其他

◆ 職業：□學生　□資訊　□製造　□行銷　□服務　□金融
□傳播　□公教　□軍警　□自由　□家管　□其他

◆ 閱讀嗜好：□兩性　□心理　□勵志　□傳記　□文學　□健康
□財經　□企管　□行銷　□休閒　□小說　□其他

◆ 您平均一年購書：□ 5本以下　□ 6~10本　□ 11~20本
□ 21~30本以下　□ 30本以上

◆ 購買此書的金額：

◆ 購自：　　市(縣)
□連鎖書店　□一般書局　□量販店　□超商　□書展
□郵購　□網路訂購　□其他

◆ 您購買此書的原因：□書名　□作者　□內容　□封面
□版面設計　□其他

◆ 建議改進：□內容　□封面　□版面設計　□其他
您的建議：

剪下後傳真、掃描或寄回至「22103新北市汐止區大同路三段194號9樓之1讀品文化收」

廣 告 回 信
基隆郵局登記證
基隆廣字第 55 號

2 2 1-0 3

新北市汐止區大同路三段 194 號 9 樓之 1

讀品文化事業有限公司　收

電話/(02)8647-3663　　傳真/(02)8647-3660

劃撥帳號/18669219　　永續圖書有限公司

請沿此虛線對折免貼郵票或以傳真、掃描方式寄回本公司，謝謝！

讀好書品嘗人生的美味

現代妖怪檔案：見鬼實錄